KB233630

돌아보니 바람소리

김자호 수필집

Hexagon

돌아보니 바람소리
김자호

2013년 10월 07일 초판 1쇄 발행

지은이 김자호
펴낸이 조기수
펴낸곳 출판회사 헥사곤 Hexagon Publishing Co.
등 록 제 2012-000044호
주 소 경기도 성남시 분당구 미금로 63(구미동), 304-2004호
전 화 070-7628-0888 / 010-3245-0008
이메일 3400k@hanmail.net

ⓒ김자호 2013, Printed in KOREA
          ISBN 978-89-98145-15-6

＊본 도서는 2013년 부산문화재단 지역문화예술육성지원사업의 일부지원으로 시행됩니다.

돌아보니 바람소리

김자호 수필집

Hexagon

차 례

보드랍고 화창한 **명지바람** 처럼

014 혼서지

019 냇물처럼

024 기다리는 봄사람

028 짭짤이

032 담

036 상사화는 피는데

042 거꾸로 세상을 보면

046 누가 나의 이름을

051 시래기

소금내음과 함께 불어오는 싱그러운 **바닷바람** 처럼

058 다시 온 세상

062 고구마

067 그네들은 어디 갔나

072 그 해 여름에는

077 황토

082 11월을 건너다

086 새

090 청조는 넘실대고

094 말

099 속수무책으로

선들선들 불어오는 초가을의 **더넘바람** 처럼

106 혼테크

111 그대 있음에

116 동행 할까요

122 돌을 캐는 아이들

127 지국총 지국총 어사와

131 배를 깎으며

136 몽돌

140 아! 금은화 당신

146 천사의 나팔

152 가방을 들고

지나고 난 다음의 잔향 **소릿바람** 처럼

158 포장마차

161 그 한 사람은

164 김장

167 자갈치 삽화

170 해맞이

173 세족

176 외국 근로자의 설잔치

179 부럼

182 지심도에서

185 봄의 기지개

188 전쟁과 문화유산

191 길 위에서

194 느릿느릿

197 춘래불사춘

200 오월의 신부

203 사은의 꽃편지

205 농자천하지대본

208 은빛 목걸이

211 열려라, 그대들의 가슴

내가 부른 연가는

영혼으로 둘째를 낳는다
죽을 것 같은 산고 끝에 새 생명과 만나듯
많이 떨리고 마냥 두렵다

애당초 나의 글 사랑은 혼자만의 긴 연모였다
그리는 마음 하나 가슴깊이 화인으로 찍어
심지 올려 떠난 길

눈먼 사랑 위로 쌓이는 절망
감당 못해 한참을 휘돌다
스스로 진단하고 스스로 받아든 처방전이
내 오랜 갈증의 묘약임을 알았다

용감한 소년병처럼
빛바랜 연서를 세상 베틀에 건다
넘기는 갈피마다 이는 바람
석류빛 두 볼을 묻는다

그렇다고 무모한 열정만은 아니었다
사람냄새 물씬 나는 소소한 이웃 이야기
질경이의 귀엣말과 바람의 말들
남루한 글꽃으로 피워
일상의 노고와 먹먹함도 지웠다

넉넉하게 소유하기보다 넉넉하게 존재하려는
작은 몸짓으로
가는 이 길이 그 얼마일지라도
일어서고 스러진 나의 언어들
내가 많이 사모하여
영원한 내 것이어라.

2013. 원추리 꽃 화들짝 핀 칠월
저자 김자호

보드랍고 화창한 **명지바람**처럼

혼서지 | 냇물처럼 | 기다리는 봄사람 | 짭짤이 | 담 |
상사화는 피는데 | 거꾸로 세상을 보면 | 누가 나의 이름을 | 시래기

어릴 적에 오렸던 하얀 종이인형이 밖으로 나온 듯, 한 줌 허리로 움직이는
예비 며느리의 동선을 따라 다니니 중년의 부부가 사는 군 냄새 나는 우리집
에 깊이를 알 수 없는 향기가 났다. －혼서지

혼서지

까칠한 촉감을 손끝으로 느끼며 한 자 한 자 정성을 깃들인다. 책상 위에 놓인 한지가 불빛을 머금어 자못 엄숙하다. 종이가 들 뜨지 않게 문진으로 몇 번이고 눌리고 쓰다듬어 보지만 오랜만에 붓을 잡아서 인지 손이 바르르 떨리고 서투르다. 욕심은 명필로 향하고 글씨는 졸필의 상태다. '어디 잘 써야지 글인가? 내 마음의 표현이 중요하지.' 자위하면서 획 하나하나를 긋는데도 숨이 멎고 땀이 찬다.

새 가족이 될 며느리에게 보낼 혼서지를 쓰고 있다. '애지중지 곱게 키운 귀댁의 아리따운 국희 양을 저의 가문의 맏며느리로 맞게 해 주신 은혜에 거듭 감사드립니다. 저는 따님을 며느리라기보다는 횡재 같이 얻은 또 하나의 딸이라 하겠습니다.'

맞다. 이 아이는 죽을 것 같은 분만의 고통이나 기저귀 한 번 채운 일도 없었고, 문설주에 기대 귀가 시간을 기다리고 입시 고통도 없이 선물처럼 하늘에서 뚝 떨어진 행운의 딸이다. 그런데다 대를 이을 손자까지 잉태한다는 사실만으로도 엄연히 효도를 미리 얹어 온 소중한 자식이다.

한복집에서 가져 온 한문으로 쓰인 형식적인 혼서지는 어쩐지 정성이 덜하고 상업 냄새가 날 뿐만 아니라 의미 전달이 한글 만 못할 것 같아 나의 심경을 전하고 싶어 몇 장을 곁들인다. 수명이 천년을 웃돈다는 한지에 조각하듯 쓰다 보니 사돈께 띄우는 글월이라기 보다는 내 가슴에 각인하는 서약서 같다.

혼서지란 예로부터 일부다처제의 역사 속에서도 오직 한 여인에게만 아들의 반려로 인정하는 시가의 제일 어른이 쓰는 편지로 일명 예장지라고도 한단다. 함과 함께 사돈댁에 보내면 며느리는 소중하게 장롱 깊숙이 보관하였다가 일부종사를 하고 죽을 때는 관 속에 넣어 저승에까지 인연을 잇는 서한이란다. 부부의 연이 현세로 끝이 아니고 영원까지 염두에 두었다는 사실도 혼인의 신중함에 무게를 둔 조상의 슬기다. 요즘은 혼례가 한결 간소화되었지만 새사람 존중의 정신과 인연의 지중함이 깃들어 있어 아직도 혼서지는 중요한 편지임에는 틀림이 없다.

여러 가지 결혼 준비를 하다 보니 선인들로부터 이어오던 생소하기도 하고 번거롭기도 한 의식마다 깃든 깊은 의미와 지혜가 헤아려진다. 이런 복잡한 과정을 거쳐 어른을 만들고 나 또한 격상하여 더 큰 어른이 되는구나 싶다.

처음 예단을 가지고 며느리가 우리 집을 방문했을 때, 나는 가슴이 뛰었다. 하얀 얼굴과 상냥한 서울 말씨와 행동이 어여뻐서 남편과 나의 눈은 깜깜한 무대에서 새하얀 발레 옷을 입은 발레리나에게 집중되던 스폿 라이터처럼 새아기를 쫓았다. 어릴 적에 오렸던 하얀 종이인형이 밖으로 튀어나온 듯, 한 줌 허리로 움직이는 예비 며느리의 동선을 따라 다니니 중년의 부부만 사는 군냄새나는 우리 집에는 깊이를 알 수 없는 향기가 났다. 순간 가슴이 뭉클했다.

유아기 적에, 큰 아들은 허약 체질에다 병치레도 자주하고 고열과 경기가 잦았다. 한 밤중에 저를 잃을까 미처 신발을 신을 겨를도 없이 업고 뛰고 남편은 나의 신발을 들고 뛰며 응급실을 갔던 무경험의 엄마인 때가 떠올라 지금도 등 뒤쪽이 섬뜩하다. 아프게 겪었던 사춘기, 수도로 유학하고 국방의무를 마쳐 청년 실업 시대에 걱정 없이 직장을 가졌던 것은 큰 기쁨이었다. 어느 한 굽이 수월한 때는 없었지만 힘든 만큼 나에게 살아가는 까닭도 되었던 아이였다. 며느리도 그리 고이 컸을 것이다.

시어머니! 며느리 측에서는 친근감보다는 긴장되고 두려운 이름이다. 나 역시 말만 떠올려도 후줄근한 광목에 풀을 먹인 듯 온몸이 빳빳해지고 시댁 동네 역을 알리는 방송만 나와도 종아리가 가지런해지던 며느리였다. 그런 시어머니가 되는 게 싫어 아들이 장성하는 걸 잊고 영원히 며느리로 머물고 싶다는 생각까지 했었는데, 시간에 떠밀려 우물쭈물 여기까지 와 버렸다.

나는 어떤 시어머니가 될 것인가? 내 자식만 크게 보이는 돋보기를 들이대어 고부간의 갈등을 빚는 시어머니는 되지 말아야 할 텐데. 윗사람으로서 의무만 강요하여 억지 대우를 받으려 껄끄럽고 불편한 존재로 군림하면 어쩌나. 시어머니이기에 앞서 인생을 먼저 산 선배로서 두 사람의 노력 여하에 따라 '행복한 가정이란 미리 누리는 천국' 이라는 걸 알려주고 서로가 공평하게 배어드는 데 힘이 되어야 할 텐데.

나의 생을 훑어본다. 가슴 두근거리며 산 한 평생이었다. 내 의지와는 전혀 상관없이 운명적으로 주어진 맏딸에 멋모르고 선택한 맏며느리까지. 양가를 쓸어 담을 큰 보자기가 되어야 하는 데 당최 나의 마음은 채송화 씨 크기니 그 중압감이 생활의 전반에 걸쳐 지배를 하는 통에 늘 숨이 막혔다.

그런데 이제 수 십 억 인구 중에 그 한 사람, 인연 줄을 밟고 온 새아기를 맞아 한 식구로 동화해야 하니 나의 영역이 자꾸 넓어져 참 걱정이 된다. —이 또한 지나가리라— 하고 무심한 시간에 맡겨 놓을까? 먼 훗날, 닥쳐 올 걱정을 미리 했다고 고소를 금치 못할 날이 왔으면 좋으련만. 그런 류의 잡다한 기우로 혼인날을 잡고부터 잠이 설쳐진다.

혼서지를 다 쓴 후, 손을 씻고 나의 이런 속내와 기도를 담아 오방주머니를 만들었다. 다산을 하고 순한 마음씨를 지녀 부부간에 금슬도 좋고 잡귀의 해코지 없이 잘 살라는 염원을 하며 곡식 알갱이를 주머니에 볼록볼록 채워 넣었다. 그 위에 물색고운 비단 보를 깔고 혼서지를 얹었다.

 이제 이 귀한 편지는 나의 바람을 싣고 사돈댁으로 갈 것이다. 딸깍- 함을 닫는 소리가 들리는 순간 부딪쳐 볼 각오가 생긴다. 나는 시어머니다! (2011. 3)

냇물처럼

고래 등 같은 능선을 타고 호박 빛 노을이 건너 와 몸을 풀었다. 하천 양 옆으로 도열하고 있는 성급한 가로등도 하나 둘 제 그림자를 길게 촛대처럼 세운 내川의 언저리, 줄지어 서 있는 갈대에도 노을이 쏟아진다. 석양에 젖은 갈대를 금갈대라 했다. 시각에 따라 은갈대, 솜갈대로 몸빛을 변신하기로 작심한 갈대는 바람이 밟으면 재빨리 엎드렸다가 바람보다 일찍 일어서서 정취를 더하고 있다.

그 빛깔이 고와서 눈이 시리다. 물든다는 것은 자기의 색깔을 놓고 온전히 대상을 받아들이고 시간의 더께가 쌓여야 가능한 일이다. 헌데 냇물은 접속한 대상을 존중하여 금세 품어 안아 스스로 배경이 되어 준다. 삶 속에서 나를 다 버리고 상대를 받아들이고 인정한다는 것이 얼마나 힘들든가. 근본이 지선해서일까? 미련 없이 자존을 다 버리고 그대로 붉어지는 내의 마음 씀씀이가 따스하고 애애하다.

짬을 내어 온천천 풍경 속으로 걷고 있다. 몸놀림을 그리 즐기지 않아 갈까 말까 갈등하다 팔을 앞뒤로 힘차게 흔들며 지나가는 이들을 보면서 흐트러진 마음을 모아 재빨리 그 대열에 끼어본다.

운동은 언제나 인내를 동반해야 한다. 좋아하는 종목으로 하되 즐겁게 시작하고 혼자보다는 친구가 있으면 더 고삐를 조일 수도 있고 의지가 되기도 한다. 허나 마음이 스산하고 쓸쓸할 때는 혼자만의 시간을 갖는다. 어차피 사람이란 외로운 개체가 아니던가. 홀로가 되면 내 심연에 깊숙이 침잠하여 구석구석 내안을 내시경을 할 수 있고 바짝 자연에 다가가 한껏 마음여행을 할 수도 있기 때문이다.

회색 도시도 마다않고 살아 온 풀은 물과 어우러져 삽상한 냄새를 풍긴다. 흠-하고 오래 들숨을 하고 속에 있는 찌든 때도 날숨으로 보낸다. 한결 정신이 맑아진다. 사위도 아름답다. 둔덕에 목을 빼고 수런대는 대나무와 곱게 단풍든 벚나무, 이국에 있을지언정 근원에 대한 그리움은 버리지 않겠다는 듯 칸나는 단심으로 불탄다. 원추리, 바늘꽃과 개미취, 범부채는 내川의 노래를 들으며 동안거에 드느라 제 몸의 물기를 말려 점점 수척하다. 청둥오리는 누워서 흐르는 내의 앙가슴을 부지런히 긁으며 물방울을 턴다.

징검돌로 된 다리를 건너니 붉그레한 물속에는 꺽지, 붕어, 잉어가 몸을 뒤척이며 재빨리 노닐고 있다. 한때 더러운 생활 폐수로 시궁창 냄새가 등천을 하던 곳에 이렇게 물고기가 똬리를 틀다니. 감탄사가 튀어 나온다. 누가 순수 하늘의 작품이 아닌, 자연을 모방해 인공을 접목했다고 비웃는가. 이 매연과 오물의 도시에 유사한 자연을 심어 놓은 현대의 문명은 신의 편에서는 항명일는지 몰라도 인간의 편에서면 도전이며 혁명이다. 물론 천연의 하천이었다면 다랑이 논둑처럼 굽이마다 가락을 담아 유장하게 흘렀을 것이다. 허나 모방은 창조를 낳고 심미안이 없으면 그 또한 불가능 할 터. 그들의 뛰어난 창작으로 차선이 최선이 되어 나를 비롯한 시민들이 이렇게 사랑하고 향유하니 이 아니 좋은가.

 물 따라 걸으며 아득히 떠나 온 시내를 떠올린다. 어릴 적 생각 없이 미지의 세계로 떠내려 보냈던 하얀 종이배와 나뭇잎 배, 입으로 불어 날렸던 꽃잎까지. 그들은 오래 내 가슴에도 정박하였다가 물 밖 세상으로 뛰어 오르는 저 번뜩이는 은빛 물고기처럼 글의 행간에서 튀고 있는 것은 아닐까. 또한 새하얀 백지에서 부활하여 비상하기도 하고, 사장되기도 하면서 이젠 나를 태워 무한 공간으로 보내는 듯싶다.

 부지런한 냇물은 장애 앞에서는 여럿이 어깨를 걸어 가뿐히 넘고, 밑면이 얕으면 제 몸에 시옷자를 거푸 새기고 깊어지면 침묵하고 더러우면 쉼 없이 스스로를 닦아낸다. 뭉개고 견제하며 혼자 높아지고 앞서려는 세상 사람들의 삶을 바라보며 흐름을 멈추지 않는다.

걸음이 잦아지면서 땀이 흐르는 걸 보니 아마도 강이 가까워졌는가 보다. 수심이 깊을수록 물은 고요하고 무심하다. 그의 속성에 경애심이 일어서 습자지 같이 얇은 앎이 전부인양 안도하고 내 눈의 들보는 보지 못하고 남의 티끌만 보며 허비한 시간들. 불현 듯 아쉬워 명경대인양 물거울에 나를 비춰본다. 내면이 깊어지고 꽉 차면 저절로 윤이 나는 것임을. 아니 그도 아니다. 그저 다 비우고 무심한 내川가 되어야 한다. 건조한 나를, 상처를 주고받으며 지친 내 영혼을 물에 흠뻑 적셔야 한다.

나와 함께하던 내는 저 골짝에서 흘러온 동료와 합쳐 강으로 이름표를 바꾸어 달았다. 강은 그저 책임 질 만큼의 물을 안아 하늘과 합일되는 마지막 지점을 향하여 흐름을 멈추지 않는다.

햇살에 눈이 부셔 창백한 얼굴로 떠 있던 달은 땅거미가 짙어지자 조금씩 제 빛깔을 찾아 구름 속과 강 속으로 나란히 가고 있다. 물 속 생명들은 밤이 내려도 잠을 못 이루는지 동심원을 그리며 강섶에 칭얼댄다. 찬연하게 어롱대는 문명의 그림자에다 밀물에 떠밀려 온 갯내를 맡으니 꿈길인 듯 몽환적이다.

이제 나와 나선 개울은 긴 여정에 지치지도 않고 강이, 또 바다가 되어 파도를 만들어 울부짖고 물꽃을 피울 테다. 달이 이끄는 대로 뭍으로 대양으로 넘실대며 오갈 것이다. 더러는 하늘로 귀천하여 온 길 되밟아 뭇 생명을 키우기도 하고, 태양을 하늘로 밀어 올리고 누리를 부시게 할 것이다. 구도자가 솟구치며 부딪치는 무수히 많은 파란을 감내하고 고뇌를 평정하여 마침내 생을 뛰어 넘는 득도의 경지에 이르듯이.

 만약 내가 물이라면 어떤 덕을 지닌 물이 되어 남은 생애를 살아 낼까? 지평을 넓혀 아주 작은 빛 한 오라기라도 품어 세상을 향해 띄울 수 있으려나. 철썩 우르르 파도가 도시를 씻고 내 가슴 속을 헹구며 저만치 물러난다. (2012. 11)

기다리는 봄사람

　오랜만에 교외로 나가 얼음장을 덮고 흐르는 개울을 건너봅니다. 인적이 드문 계곡에는 억새풀이 바람에 서걱대고 텃새들만 이따금 몇 마디의 음표를 그릴 뿐, 시곗바늘은 더디게 움직였습니다.

　지난여름, 인재와 천재로 몸살을 앓은 돌들도 허옇게 몸을 드러내 겨울잠을 자고 있었습니다. 한참을 서성대다가 아- 나도 모르게 탄성이 나왔습니다. 자줏빛 고깔을 둘러 쓴 보시시한 버들강아지가 겨울 끝자락을 흔드는 모습이 눈에 잡혔기 때문입니다.

　차근하게 봄을 준비하는 자연의 신비와 성실함에 외경심까지 일었습니다. 수액을 자아 강추위 속에서도 새싹을 준비하는 자연따라 우리 몸도 봄이 되기 위해 물을 올리고 꽃망울을 피워 우주의 섭리에 순응해야 할 시기인 것 같아요.

　한 세상 살면서 따스한 손길로 씨를 뿌리고 싹을 키우며, 꽃을 피우는 사람, 사람이 봄이 되는 내가 따르기에는 역부족인 그 아름답고 어려운 일을 행하는 분께 두 손을 모읍니다.

몇 년 전, 억울한 이웃이 정의를 찾으려 제도권에 호소를 했습니다. 그 분이 기댈 어깨가 되고 싶기도 했지만 현장을 보고 싶은 마음이 더 앞섰어요. 법정은 어떤 곳일까. 영화에서처럼 변호사의 훌륭한 변론으로 반전에 반전을 거듭하여 사필귀정이 되어 모든 사람들의 마음을 후련히 씻어줄까. 죄인은 참회의 눈물을 흘리고, 방청객들은 우발적으로 죄를 짓게 된 정황을 이해하며 한마음으로 선처를 호소할 것인가. 심한 호기심이 발동하였습니다.

그러나 상상은 현실에서 예리한 금속음을 내며 조각이 나더군요. 일제의 잔재 같은 우중충한 건물에 딱딱한 의자하며 기립해서 재판관을 만나는 것도 그랬지만 관료적이고 압도적인 분위기에 놀라 마치 내가 범법자가 된 것처럼 숨이 멎을 것 같았어요.

문득 초등학교 시절이 떠올랐습니다. 한 친구가 예쁜 빛의 스물네 가지 색 크레용을 선물 받아 자랑하느라 학교에 가지고 왔습니다. 줄기차게 열두 가지의 색만이 전부인 줄 알았다가 곱고 다채로운 색깔에 모두 유혹당하여 우리 꼬맹이들은 침을 삼키며 선망의 눈초리로 진귀한 물건을 바라보았습니다.

체육 시간이 끝나고 교실에 들어오니 그만 크레용이 없어졌습니다. 숨을 몰아쉬며 가져 간 아이를 찾아낼 때까지 내 가슴이 쿵쾅쿵쾅 방망이질을 하고 겁나기 시작했습니다. 그 순간이 그대로 재현되든 듯 했습니다.

 상식인 '죄는 미워하되 사람은 미워하지 마라.' 가 아니고 , 힘없는 자는 한 순간에 죄를 짓게 된 최소한의 자기변명도 할 수 없어 잔뜩 겁을 먹어 떨고 있었습니다. 국법은 민초를 보호하기 보다는 군림하였습니다. 그 쪽만은 아직도 철옹성 같아서 민주화의 물결이 찾아갈 수 없는 영역이더군요. 거기서 소요한 시간은 고문이었습니다.

 그런 경험을 가지고 있는 나한테 낭보가 들렸습니다. 아니 대기보다 먼저 사람 세상에 겨울 문을 젖히고 봄이 왔습니다.

 카드빚에 쪼들려 방화 미수죄로 기소된 창원의 한 피의자에게 판사는 '자살'이란 말을 10번을 말해보라 했답니다. 자포자기를 한 피고지만 할 수 없이 시키는 대로 크게 10번을 말했답니다. 판사는 피고가 외친 '자살, 자살, 자살.'이란 말이 나에게는 '살자, 살자'로 들린다며 '때로는 죽으려고 하는 이유가 살아가는 이유가 되기도 한다.'며 따스한 충고를 건넨 뒤 한 권의 책을 선물하는 향기 나는 재판관의 기사가 멍한 뇌리에 알전구가 번쩍 켜졌습니다.

 명 판결이라면 생모를 가리는 솔로몬의 재판과 악덕 유대인에게 빚 대신 피 한 방울이라도 흘리지 말고 살을 도려가라는 《베니스 상인》의 기지에 찬 재판을 떠 올립니다. 그런 논리와 지혜가 번쩍이는 판결보다 더 훈훈한 기운이 느껴지는 것은 아마도 인간미가 풍겨서 일 것입니다.

그러나 그 분은 생계 범죄가 아닌 자타를 기만하는 고의적이고 비열한 자에게는 서릿발 같은 결딴으로 정의의 표징이 된다나요. 이상기류 탓도 있겠지만 아직은 이름값을 치러야 하는 남은 추위가 그만 사라졌습니다. 내 마음이 철 이른 봄물로 축여지는 하루였습니다. 그래도 우리가 살맛나는 것은 세상에 꽃보다 더 아름다운 사람이 곳곳에 꽃으로 벙글고 있다는 사실입니다.

자기 자식이 불구라고 해서 헌신 버리듯 버리는 폐륜 부모가 있는가 하면, 지체 부자유인 아이한테 비교의 잣대를 들이대지 않고 더 껴안은 어머니. 짜리몽땅한 희야의 네 손가락이 건반에서 춤추며 훌륭한 연주를 할 수 있게 한 어머니의 일상이 방영될 때, 울컥했습니다.

이역만리에서 가난과 수모를 견디며 수제비 낱알에 모정을 새기면서 세계적인 미식축구 선수로 키운 하인스 워드의 어머니를 보고 주책없는 눈물이 두 볼을 적셨습니다.

다들 선망하는 직업인 의사의 길을 버리고 신부님이 되어 신이 외면한 땅, 아프리카의 수단에 가서 온몸 바쳐 사랑을 실천한 고 이태석 신부님은 하늘이 내린 봄볕은 아닐까요.

갈수록 각박한 사람살이지만 칼바람과 눈발 속에서도 꽃을 피우는 자연처럼 세상 여기저기에 필 봄사람을 만나는 광영으로 봄을 기다립니다. (2007. 2. 문학도시)

짭짤이

　지인의 텃밭에 다녀오다가 토마토를 한 상자 샀다. 작고 앙증스
런 낱낱이 파랗고 빨갛게 속을 꽉 채워 5월의 햇살에 일광욕을 하
고 있었다. 별 모양의 파란 꼭지에 매달린 육질의 맛을 혀가 먼저
알아채고 침샘을 흔든다. 몇 년 전부터 알아 온 아주 특별한 맛에
대한 기억 때문이다. 처음 대했을 때는 작은 열매가 토마토의 불
량품 같아서 시쁘게 보았는데, 먹어 보니 적당한 염분과 당분의
조화와 질감이 입에 짝 달라붙었다. 어떻게 이런 맛이 날까. 한
자리에서 몇 개를 먹어 치웠다.

　나는 과일이라면 사족을 못 쓴다. 신혼 때, 월급 받아 연탄과 쌀,
그리고 과일 한 상자 사놓고 나면 마음에 뜨뜻한 화로를 한 달 동
안 품어 살 수가 있었다. 음악 휘감고 책을 펼쳐 무한 공간을 유
영하면서 꿈을 꾸는 나의 생활은 과일 맛처럼 새콤달콤하고 윤기
가 흘렀다.

맛이란 다분히 감각적이고 감상적이어서 이성을 마비시키고 유혹하기도 한다. 에덴의 이브도 오죽 황금사과가 먹음직했으면 사탄의 꾐에 덥석 물려 대대손손 원죄를 대물림을 하였겠는가. 과일은 맛도 매력 적이지만 하나 같이 제 이름을 닮은 자태도 예쁘다. 그 모습을 흠모하여 옛날 기방에서는 달밤에 벌레 먹은 복숭아를 먹으며 미인을 기렸다는 설화도 있다. 나 역시도 맛과 더불어 수밀도 같은 피부를 가지리라는 기대와 먹는 동안 바람에 일렁이는 들판과 무언의 대화를 나누는 재미도 과일 맛 못지않다.

그렇게 과일을 밝히면서도 시큰둥하게 대했던 실과,(나한테 토마토는 야채가 아닌 영원한 과일이다.) 밍밍한 개성 부재의 먹거리 토마토에 순 토박이 음식에 길들인 나는 도무지 정을 붙이지 못했다. 그런 실체에 눈부신 지혜와 과학이 끼어들었다.

짭짤이, 경남 김해 대저의 특산물이다. 지역만의 독특한 토양에다 고도의 압축된 생명, 아니 성장을 멈추게 하려고 물을 주지 않고 키웠단다. 억지로 뿌리치기를 해 크기를 왜곡한 토마토다. 그렇게 자라기를 억제하자 놀란 토마토는 본능적으로 생존과 종족보존을 위해 피를 말리고 부피를 줄였다. 더 몸을 불리면 다 죽을 수밖에 없다는 위기의식에서 현명한 용단을 내려 제 살집을 오그리고 압축시키다 보니 맛과 크기에 변형이 온 것이란다.

변형은 정형에서 보면 파격이다. 파격은 본래보다 발전하고 진화하는 게 상례다. 그런 극한상황에서 토마토는 무슨 사고를 하였을까. 자기체면을 걸어 희망의 통로를 내고 한계상황을 극복하였을까. 아니면 질식할 것 같은 순간, 자아를 부정하고 끝없는 회의를 하였을까. 작은 토마토는 무언의 말을 한다. 맛있는 과육은 극도의 고통을 겪은 후, 우리 입맛에 맞게 빚어진 눈물의 결정체라는 것을. 영혼의 사리라는 것을. 죽을 것 같은 아픔을 뛰어 넘어 성숙의 경지에 이르러 비로소 탄생하였으니 짭짤이는 사람들의 맞춤 입맛을 위해 자신을 봉헌했나 보다.

내가 살아 온 인생도 그랬다. 어디에고 우연은 다가오지 않았으며 눈물과 땀을 뿌려야만 비로소 추구하는 뭔가를 얻었다. 아니 그렇게 획득한 것이야 말로 정직한 나의 것이 되었다. 나의 삶에는 행운이라든가 횡재가, 하다못해 소풍놀이에서 보물찾기도 한 번 걸려본 적이 없었다. 스스로도 아예 사행심 자체를 키우지 않으니 로또 복권 같은 종류의 것에 허망한 기대를 걸고 어슬렁댄 적이 없다. 만약 천운으로 당첨이 된다 해도 그에 버금가는 더 소중한 무언가를 앗길 것 같다. 그저 자연처럼 씨 뿌리고 땀 흘려 가꾸니 거두어진 열매가 내 인생 모두인 셈이다.

석양이 아름다운 낙동강 변에 몇 년간 산 적이 있다. 집에서 조금 떨어진 강변의 하얀 찻집에는 일몰을 사랑하는 사람들이 저물녘이면 두런두런 모여 앉아 차를 마신다. 진종일 구름밭을 일구던 지친 해와 하루에 부대낀 사람들의 마음이 낙동강을 불태우면 시계는 모두가 토마토 빛에 젖어든다. 한 마음이 되어 영원으로 잇고 싶어지는 절묘한 순간, 해는 산 너머 떨어진다. 우주의 갈무리가 장쾌하고 아쉬워 나도 모르게 명치에 박혀 있는 응어리 한 움큼이 내안의 깊은 곳으로 뚝 떨어지곤 했다. 그런 일몰처럼 짤짤이도 절박한 순간에 최상의 맛을 내나보다.

 시답잖은 글을 쓴답시고 할 말 안 할 말을 무시로 뽑아내고 있지만, 내 인생의 마지막에 정말 원숙한 작품, 내 스스로의 마음에 꼭 드는 고도로 축약한 글줄이라도 쓸 수 있는 힘 한 덩어리라도 가지면 좋겠다. 그리고 물밑에서 더 파랗게 일렁이는 수초처럼 누군가의 가슴에 살아 공감할 수 있다면 다함이 없는 희열을 느낄 것이다. 당찮은 생각을 한 게 스스로 부끄러워 토마토 얼굴빛이 되어 본다. (2007. 8 수필문학)

담

　며칠 전, 오랫동안 살았던 마을에 우연히 들렀다. 몇 년 만에 본 동네의 분위기가 눈에 설어 처음엔 낯선 곳에 왔나하고 주위를 두리번거렸다. 바구니를 들고서 분명 저 골목을 끼고 부지런히 시장을 오갔고 친구 집은 저긴데…. 군데군데 견고하고 높은 콘크리트나 블록 담이 없어지고 어린 나무가 가지런히 심겨져 있는가 하면 아예 담을 없애고 주차를 해 놓기도 했다.

　더러는 내 허리의 반길 정도의 널빤지로 된 낮은 울타리에다 창틀에는 베고니아가 목을 재껴 웃음을 쏟아내고 있었다. 하얀 칠을 한 벽과 처마 끝에는 운치가 묻어나는 조그만 갓 전등이 있어 마을도 아늑하고 집도 한결 말끔해 보였다. 궁금증이 더해 문을 흔드니 졸고 있던 작은 종이 산사의 풍경소리를 내며 반겼다. 키를 낮춘 담이 이웃끼리 가슴을 열고 말 걸기를 하자는 심사인 듯해 바라보는 나까지 흐뭇했다.

　봄이 되면 키 작은 울에다 호박넝쿨이나 담쟁이, 나팔꽃이나 아이비를 올리려나. 그냥 둬 며느리밑씻개라도 자리를 틀면 한결 시원하고 운치를 더 할 것 같은 상상으로 화롯불을 안은 듯 속이 따뜻해 왔다. 도회인들의 밑그림 같은 삭막한 담을 진작 이렇게 허물어 마음 트임을 해야 하는 게 순리일 텐데. 어쩌자고 깎아지른 담벼락에다 철조망을 머리에 이고 서로 등을 찌르고 날을 세우며 살았는지.

나 역시도 견고한 마음의 담을 켜켜이 쌓아놓고 살고 있다. 가슴에 코르셋을 입고 이웃과 눈인사 정도가 고작이고 진정성이 없다. 가치관은 물론이고 취미가 다르다, 성격이 맞지 않다는 편견으로 콩잎 장아찌처럼 차곡차곡 아집의 양념에 절여 나를 그 속에 가두고 미소 지으며 지냈는지도 모른다. 비단 나만 아닐 것이다. 대다수의 사람들이 스스로 지른 깊고 높은 담으로 더 소외되고 더 쓸쓸하고 울적할는지도 모른다.

애당초 담은 굳이 경계라는 폐쇄와 단절의 의미 보다는 자연 친화적인 삶, 자연과 하나 되고 자 하는 바람으로 만든 것은 아닐까? 그냥 두면 끝없이 흘러갈 버릴 것 같은 앞산을 정원으로 불러들이고, 출렁거리는 달빛을 가두어 고단한 삶의 숨통을 트고 율을 맞춰 다 같이 어깨동무하며 공존하는 데 더 의의를 둔 것은 아닐까?

내 어릴 적 우리 집 담도 나름대로 소담스럽고 유정했다. 산 중턱 외딴 곳에 자리 잡아 동으로는 검붉은 황토에 드문드문 돌을 박고 청솔가지를 덮은 토담이, 뒤란은 탱자나무 울이 사시장철 파란 가시를 세우며 집을 지켰고 남쪽과 북쪽은 나지막한 돌담이 대가족을 품었다.

그 안에서 봄이면 담 너머 하얀 아카시아 꽃이 지천인 산과 얼굴 맞대며 야생아이로 살았다. 자다가 뒷간을 가려면 머리카락이 쭈뼛거렸지만 담이 채운 부드러운 달빛이 있어 산짐승의 울음에도 신을 신을 수 있었다. 이따금 고개를 빼고 담 너머 미루나무 속으로 난 길로 내안의 굴렁쇠를 굴리며 어디론가 가고 싶은 꿈의 폐활량도 늘렸다. 담 아래 펼쳐진 익어갈수록 더 고개 숙이는 들녘을 보면서 인생에 대한 성찰과 겸허를 진중하게 배워야 했다.

그뿐 아니다. 담은 사람 키의 절반 정도되는 높이로 몇 갑절의 인심을 열어나갔다. 마을의 크고 작은 일이 내 집일인 양 일체감을 가졌고 농사일, 관혼상제 같은 하다못해 작은 음식마저도 인정이 되어 그 담을 넘어 오고 갔다. 돌담 사이로 나 있는 고샅길과 담을 비집고 자라는 머위며 강아지풀, 돼지풀, 쇠비름, 명아주 같은 들풀들을 떠 올리기만 해도 매연으로 알싸한 울대가 축여진다.

내 생애에 그런 담을 두고 살았던 유년이 있다는 것은 뿌듯한 긍지고 행운인지도 모른다. 만약 대갓집 도도한 조상을 둔 자손이거나 냉기서린 도회의 담 속에 갇혀 메마르게 살았더라면 심연에 이리도 애잔한 그리움이 쌓여 있을까. 나에게서 담은 포옹이라든가 아우르기의 의미로 다가와 내 정서와 글밭의 보고가 되고 있으니 전생에 지은 선업의 결과인 것 같다. 이런 나만의 작은 담은 다가온 엄청난 계기로 무한공간을 넘어 팽창하고 확장해 세력을 불려나갔다.

몇 년 전, 뉴욕의 테러가 발발했을 때다. 현대가 쌓아올린 바벨탑이 파괴범에 의해 순식간에 영화처럼 폭파되고 수많은 사상자와 부상자가 속출했다. 마침 딸아이가 학업을 계속하려 그 나라에 가 있었는지라 덜커덕 가슴이 내려앉는 것 같았다. 하나뿐인 소중한 목숨을 이념이나 종교가 다르다는 이유로 테러를 감행하는 과격한 그들. 더 이상 인명피해가 없이 평화가 스며들기를 절절이 간구하는 내 몸의 돌기는 죄다 일어서고 있었다. 촉각을 세우던 막막한 장애와 편견을 걷어내고 편협한 나의 편, 우리의 편에서 세계가 한편이 되어 손에 구슬땀을 쥐었다.

당연한 사필귀정이다. 한 번만 주어지는 세상살이에 빵이나 밥을 취하든, 면이나 진흙 과자를 먹든 너는 나에게 나는 너에게, 국가는 국가끼리 서로 기댈 수 있는 버팀목이 되는 정의 담, 소통의 담, 사랑의 담이 필요하다, 언제든 시공을 초월하여 자연이나 사람이건 모두 마음을 열 수 있는 담을 아려하게 쌓으면 진정한 사람살이를 했다 할 것이다.

짬을 내 사람 냄새가 물씬 나는 옛 동네를 걸으며 낮은 담만큼 나를 낮추며 내안을 걷고 싶다.   (2010.4)

상사화는 피는데

아무리 청해도 잠이 안 와 이리저리 뒤척여 본다. 내일의 여정을 생각해 숫자 1000에서 7을 빼내면서 잠을 청해 보지만 가슴 밑바닥에서 치밀어 오르는 꼬집어 말할 수 없는 슬픔이 원인일까. 원점으로 되돌아가기를 몇 번이고 반복하다 숫자를 흘린다.

이런 나의 마음을 알아차렸을까. 창틈으로 납빛 얼굴색을 하고 달빛이 끼어든다. 산사에서 날려 보낸 머언 풍경소리, 상수리나무 부석대는 소리, 쑥국새 울음소리가 귀청을 따라 다가온다. 아마 한 여인의 쓸쓸함과 외로움이 오래 잔영을 드리우고 마음에서 떠나지를 않아서인가 보다.

남편 친구들과 하기휴가로 유명한 가람인 수덕사에 왔다. 세간에 널리 알려진 유명 사찰이라 늘 와 보고 싶었는데 어렵게 인연이 닿았다.

훠이 계단에 오르니 700년 전에 배흘림기둥과 맞배지붕으로 건축된 대웅전의 단아함에 엄숙한 감이 든다. 큰스님 경허와 만공, 그리고 일엽스님께서 수행하면서 오도를 깨친 곳이라 기왓장 하나에도 님들을 뵙는 듯 절로 합장하여졌다.

경건한 마음을 안고 내려오다 숲길 왼편에 작은 실개천을 건너니 초가지붕을 한 조촐한 여관 한 채가 고향인 듯 정겹다. '수덕여관', 화가 고암 이응로 화백(1905-1992)과 이름 하여 본 부인 박귀희 여사가 살았던 곳이다. 무관심인지 관리 소홀인지, 세월의 중량에 못 이긴 여관이 조금은 폐가 같아 보는 이의 마음마저 안쓰러웠다.

여관 입구 우물 곁에 한글의 모음과 자음을 묘한 추상화로 새긴 모습과 '1969년 이응로 그리다.' 가 쓰인 너럭바위만 오가는 이의 시선을 모을 뿐, 지나간 시간은 말이 없다.

어쩌면 안개이고 어쩌면 바람인 임, 무늬만 남편인 임이 새긴 신비하고 환상적인 암각화 하나하나를 지아비인 양 긴 세월 쓰다듬고 닦아 애모의 지문이 덧 씌워졌을 테다.

대숲에 바람만 두런대도 행여 그이일까. 비바람 몰아치는 날이면 옷자락 젖을세라. 소리 없이 눈발이 흩날리면 언 몸 녹이시라 청솔가지 꺾어 따끈히 군불 지펴 솜이불 펴놓고 긴 밤을 하얗게 새셨겠다. 동백기름 먹인 쪽진 단아한 머리에 흰 버선을 신고 스스로의 빗장은 채웠을망정, 임의 걸음 더딜세라 늘 사립문을 열

어두웠을 당신이셨다.

그렇게 가슴 한 자리 비워 놓고 정한을 달래며 보낸 한 평생, 당신은 가시버시의 삶을 얼마나 그리워하고 부러워하셨을까. 팔자소관도 하셨을 것이다. 사람이 만든 자위의 올가미에 스스로를 씌우고 체념으로 흐르는 눈물을 삼키셨을 당신에 대한 글을 옮기기에는 이 밤이 너무나 짧다.

당신은 사랑이 변하여 자란 미움의 키를 깎기 위해 산사에서 들려오는 염불과 범종소리로 향을 사루 듯 청춘을 태우고, 한을 넘어 무심의 바다로 향하셨는가.

여관을 드나드는 손님에 불과한 남편 고암 선생은 한국 현대 미술사에는 큰 주춧돌이셨다. 양반의 자제로 태어나셔서도 끼는 감출 수가 없었는지 전국으로 떠돌아다니며 공부를 하시다 선전鮮展에 《소낙비 쏟아지는 날의 대밭》으로 특선을 하고 예술의 길을 걷기 위해 일본뿐만 아니고 프랑스로 유학까지 가셨다. 그 때는 이미 제자인 ㅂ 여사와 동승한 유학길이었다.

그 곳에서 동양정신과 서양의 꼴라쥬 기법을 접목하여 은유로 화폭에 담으셨으며, 특히 선생의 문자 추상은 율동적이고 역동적이며 대담한 선과 농담은 신비하여 '한국의 피카소'라 불렸다. 그러다 납북된 양자를 만나기 위해 윤이상 선생과 금단의 땅, 북으로 갔다가 동백림 간첩사건으로 영어의 몸이 되셨다. 옥중에서도 그림에 대한 열정을 떨치지 못해 밥풀과 한지로 작품을 그린 하늘이 수직으로 내린 화가였다.

한국 미술사에서는 더 없이 훌륭한 남편이었지만 그 분한테는 이미 잊혀진 여인인 당신, 그런데도 임을 용서하고 몰래 옥바라지까지 한 짝사랑은 너무나 애련하다. 삭발만 안했을 뿐, 세속에서 수도 생활을 한 관세음보살의 화신이신가, 당신은.

대체 남자는 여자에 대해 어떤 잣대를 가지는 것일까. 가치관이나 인생관이 소통되는 동반자로서 아니면 꼭두각시인 노라로, 그도 저도 아니면 전통과 관습에 의해 결혼하여 종족 보존하고 삶이 원래 그렇듯이 그렇게 살아가는 것일까.

이렇게 남자들이 여자들을 분류한다는 것 자체가 큰 오해고 이기심이다. 여자에게는 권리는 없고 의무만 떠넘겨 시대가 만든 형틀 속에 가둬 수동적인 삶을 당연시 하는 남성 본위의 편견이고 속 좁은 사고다. 조숙한 여인들은 혼인이란 인내 없이는 걸을 수 없는 돌부리길이라는 것을 남자보다 먼저 터득하였을 뿐이다. 그저 모성본능으로 용서하고 보듬어 구도의 길처럼 결혼생활을 이어간 적응력이 빠르고 영리한 성이다.

시대도 무심치 않았던지 요즘은 여성을 열등하기 보다는 인간의 능력 위주로 자기와는 다른 성으로 서로 존중하고 인격화하는 세태로 변하고 있다. 당연한 순리며 세기적인 요구다. 젊은이의 눈대중으로 보면 두 번 다시 제 2의 박 여사는 탄생하지 않을 것이다. 아마 여사는 현대의 마지막 이조 여인의 표상인지도 모른다. 동성으로서의 연민인가. 이십 여 일 동안 비 한번 내리지 않는 뙤약볕 아래서도 내 속에 싸늘한 서릿발이 선다.

인생은 한 세상에 스치는 객이다. 세월을 흘려보내고 나면 찰나이고 힘들게 살다보면 긴 일생에 한 비범한 예술가를 애모한 당신이었다. 김수영이 말한 것처럼 '예술가는 굵고 억세며 날카롭고 모진 가시면류관을 쓰고 나와야 그 지고한 경지에 닿을 수 있다'는 것을 화가인 지아비 보다 먼저 삶에 실천한 당신. 이제 독하고 모진 나 홀로 사랑은 한 세상으로 끝내고, 다음 생에서는 부디 귀인으로 환생하셔서 오순도순 애정의 꽃을 피우시기를. 무겁지도 가볍지도 않은 당신에게 꼭 맞는 옷을 입고 태어나시어 지난 생에 저축한 사랑 몇 곱절로 환불 받으시기를.

대웅전 뒤란에 핀 상사화가 잎을 그리며 조용히 지고 있겠다.

(2006. 8)

거꾸로 세상을 보면

그리움도 웃자라면 감당이 안될 것 같아 나선 길이었다. 다들 이탈하지 않고 있을 자리에 놓여 있을까. 그만큼 자랐으니 알아서 제 갈길 잘 가려니 하면서도 궁금하여 아이들이 좋아하는 반찬거리를 꾸려 서울에 가기로 했다. 예약을 하려다 평일이니까 나 하나쯤 비집고 앉을 좌석은 즐비하리라 편하게 생각하고 부산역으로 갔다.

내가 얼마나 내 중심으로 느릿하게 세상을 사는지, 이만큼 살아내고도 우물 안 개구리였다. 두 시간대로 시간 절약이 되는 고속열차다 보니 순방향은 이미 동이 났고 창구에는 역방향 좌석만이 듬성듬성 나를 기다리고 있는 게 아닌가.

다음 시간대로 미룰까 하다가 목을 빼고 기다릴 아이들이 눈에 밟혀 얼른 역방향의 창측으로 표를 끊어 개찰구를 빠져나갔다. 거꾸로 앉아 목적지에 도달한다는 것은 처음이라 행여 몸이 예민

한 반응을 하여 오랜만의 나들이에 초를 치지는 않을까 조심스럽
게 차에 올랐다.

기차는 총알처럼 달리며 차창 속에 창밖의 경치를 갈아 끼우기
가 바쁘다. 뒤에서 달려오는 초록 들판과 왜가리하며 강 위에 반
짝이는 빛의 파편들이 내 가슴을 채운다. 한참 동안 스쳐가는 정
경을 보니 적응이 되어 우려하던 어지럼증은 사라지고 또 다른
묘한 기운이 찾아왔다. 그게 계기가 되어 세상을 거꾸로 보아 좋
았던 기억이 줄을 잇는다.

매주 한 번씩 오르는 숲 속 체육공원의 운동기구에서였다. 늘 직
립형으로 살다가 물구나무 자세로 하늘을 보니 가슴이 울렁거렸
다. 하늘 바다에 담근 나의 발하며 얇은 베고니아 꽃잎 같은 낮
달, 내 혈관 속으로 푸른 수액이 끼얹어졌다. 눈에 잡히는 피사체
는 여느 때와는 한결 감동적이었다. 무심코 본 하늘도 각도를 달
리하니 딴 세상이 되는구나. 사물이나 인생도 다각도로 보는 눈
길만 넓다면 권태나 외로움이나 부질없는 오해도 자랄 수 없고
훨씬 마음이 풍요로워지겠구나.

언젠가 야외극장에서 친구들과 본 《박하사탕》도 그랬다. 자동
차에서 주파수를 맞추어 대화를 듣는 것도, 좌석의 불편과 고르
지 못한 화면 상태도 그랬지만, 독특한 전개가 우리를 더 어리둥
절하고 낯설게 했다. 《박하사탕》이 일으키는 바람을 삼켜 내안의
침전물을 말려 가뿐하고 싶었는데…. 나이는 어쩔 수 없나보다

라고 자책하고 내 두뇌의 폐쇄를 느꼈다. 대학 시절, 프루스트의 《잃어버린 시간을 찾아서》를 만났을때의 황당함과 유사한 기분이랄까. 한참 들쭉날쭉 머릿속에서 두더지 놀이를 하다 아- 하고 감이 왔다.

현재에서 과거의 어느 시점까지 거꾸로 접근하여 의식의 흐름을 쫓는 독특한 발상의 전환이 조용한 충격을 주었다. 한 때 진부한 결말, 소위 멜로라며 외면했던 우리의 영화가 여기까지 도전했음은 번쩍이는 성과다. 뻔한 도입과 전개 그리고 절정과 마무리를 추측해버리곤 했던 고정 관념에 신선한 자극을 주었다.

인생도 역으로 본 큰 한 사람이 떠오른다. 일본 아사히신문의 설문 조사에서 일본에서 천 년간 가장 위대한 경제인으로 마쓰시타 고노스케(1894-1989)가 뽑혔다. 그분은 세계적인 기업가로 성공한 비결을 첫째 가난을 일찍 경험한 덕분에 겸손을 배운 것. 둘째 몸이 약한 덕분에 운동을 규칙적으로 하게 된 것. 셋째 초등학교도 졸업 못한 덕분으로 세상의 모든 사람에게 배운 것이라고 했다. 많은 사람들이 주어진 환경을 원망하고 세상을 증오하며 더러는 극단의 선택도 하는 세태다. 그분은 주어진 불운한 환경 덕분이라며 오히려 힘으로 재구성하였으니 얼마나 대단한 사람인가.

최근 아무리 바빠도 나를 불러 앉히는 TV 방송이 있다. 이 프로를 볼 때마다 출연자들의 한계에 도전하는 모습이 아름답고 훌륭해서 시청자들의 귀감이 되고도 남는다.

 가정 파괴로 학교도 자퇴하고 문제아로 떠돌다 무일푼으로 독학하여 세계 최고의 의과 대학에 입학하여 벼랑 끝에선 사람들의 힘이 되고자 하는 젊은이, 생을 마감하려다 사생결단으로 일으킨 사업으로 엄청난 이익을 창출하는 희망 전도사. 병원에서 사형선고를 받았지만 극복하여 더 건강한 삶을 사는 사람들. 육신의 장애를 뛰어 넘어 정상인 보다 더 우뚝 선 사람, 노숙자 생활을 하다 성악가가 된 청년….

 그들의 공통요인은 주어진 최악의 생활 여건을 뛰어 넘어 나의 것으로 재창조하는 인간의 무한변신 혹은 신성神性을 언뜻 보았다. 일순 닥치는 조그만 일에도 비명을 지르고 핑계를 댄 내가 얼마나 비겁하고 감정의 사치에 휩싸여 사는지 돌아보였다. 평생을 배워도 끝이 없는 게 공부라면서 공부를 다했다고 하면 야단치시던 어릴 적 어머니 말씀처럼 스승이 곳곳에 있어 많이 배워야겠다. 역방향이 은근슬쩍 순방향 보다 더 힘을 가지고 달려간 시간이었다.

 한참이고 역방향 의자에 앉아 기차와 같이 내 마음 속을 달렸나보다. 종착역을 알리는 기내 방송이 분주하다.

누가 나의 이름을

해거름에 잠시 슈퍼에 들렀다. 소비가 일어나지 않는다고 아우성인데도 외진 한 곳에는 사람들이 북적거렸다. 무슨 좋은 일이 있는 가 궁금하여 진열대로 다가갔다.

그 곳에는 한참이고 질박한 서민들의 삶을 지키던 그릇, 살기가 좀 좋아지자 스텐레스나 법랑, 자기磁器들에게 서둘러 자리를 물러주고 우리 곁에서 수십 년 전에 사라져 버린 양은 냄비가 아닌가. 그것도 남북 교류의 차원에서 수입한 북한 동포들이 만든 제품이었다.

앙증스러운 것과 큼직한 것들이 누르스름하고 하얀 몸빛을 띤 채, 아주 싼 가격으로 값이 매겨져 누군가와의 인연을 찾고 있었다. 순간 굶주린 배를 움켜지고 하얗게 밤을 새운 노동자들의 누렇게 부황 뜬 얼굴을 대하는 듯 했다.

우리와 함께 살아온 주방용 필수품인 냄비. 내가 어릴 적에는 쓰다 구멍이 나면 땜질까지 하여 부엌의 한 자리를 차지했고 수명이 다하여지면 엿이나 돈으로 교환이 가능했던 소중한 집기였다. 더러울 때, 수세미로 박박 문지르면 우는 아이 세수시킨 것 같이 반짝거려 눈이 부셨다. 아쉬운 기억으로 내 가슴이 가득 차는데 어찌 손에 넣지 않을 수가 있을까. 그릇을 이리저리 만지니 먼 북녘 하늘 아래 있는 피붙이를 만나는 듯 정감이 갔다.

어정대다가 늦은 저녁이 되고 말았다. 부랴부랴 냄비에 멸치 육수를 내는데 어찌 그리 빨리 끓는 지. 우려 낸 국물에 된장을 풀고 금세 시래깃국을 끓였다. 온 집안에 떠도는 냉기가 없어지고 구수하고 뜨뜻한 된장국 냄새가 넘쳐나 훈훈하다.

도시락을 먹어도 금방 배가 출출하던 시절, 보충수업을 마치고 친구들과 곧잘 냄비 우동과 라면을 사먹으러 가게를 기웃거렸다. 우리의 허기를 알아챈 냄비가 급하게 익힌 꼬불꼬불하고 쫄깃한 면발을 뚜껑에 얹어 후후 식혀가며 먹었던 기막힌 맛도 금세 달려온다.

하늘도 땅도 다 얼어붙었던 한겨울 밤, 귓바퀴를 나팔처럼 열고 남편을 기다리며 연탄 위에 된장 냄비를 올리고 내리며 사는 소박한 필부필부의 삶, 그 정경을 그린 노천명의 《겨울밤》은 냄비의 절창이었다.

사업상 늘 지방으로 나다니셨던 아버지의 딸인 나로서는 소박한 단란이 사무치도록 그리운 그림일 수밖에 없었다. 아마 그 작품의 냄비는 가슴으로 깊숙이 자리 잡아 나에게 수필을 향한 길을 트여주고 지극히도 수수한 삶을 살게 한 운명을 퍼담은 그릇 인지도 모른다.

그릇은 음식을 담기 위해 쓰인다. 소담스럽게 담았거나 수북하게 담았거나 채운 것을 남에게 덜어내는 소임으로 행하여 질 때 가장 존재가 돋보이리라. 몸과 마음이 스산한 년 말, 냄비는 딸랑대는 작은 종소리와 더불어 십시일반의 온정을 끌어모아 그늘진 이웃의 따스한 젖줄이 되기도 하는 부처님의 식기, 자비의 바루였다.

그런데 이번 겨울은 그 정겨운 냄비의 온몸에 화살이 꽂히고 말았으니, 냄비의 명은 그야말로 풍전등화였다. 나라 전체가 체세포와 더불어 마녀의 한숨 같은 세계인 《무진기행》을 했다. 체세포가 있느냐 없느냐. 복제양, 난자 기증, 줄기세포, 세포분열… 과학 전문 용어를 수박 겉핥기식으로 무척이나 많은 공부를 했다. 그리고는 사천 만 모두는 다투어 한 과학자에게 삶의 명운은 물론이고 국운까지 걸었다.

지독하게 가난한 한 소년의 인간압승에 편승하여 꿈을 꾸는 우리는 얼마나 행복했던가. 그가 새로운 연구 발표를 낼 때마다 사람들의 가슴에 떠나간 파랑새가 다시 둥지를 틀었다. 다들 웃음 바이러스에 걸려 표정 관리가 안 되었다. 어느 작가가 새해 결심은 만나는 사람에게 무조건 웃으리라고 정했다더니, 나 역시도 만나기가 부담스런 사람마저도 웃으며 손을 내밀고 하늘까지 뛰고만 싶었다.

나라도 그랬다. 예나 지금이나 자원이 풍부하고 큰 영토를 지닌 강대국에 짓눌려 눈치보고 숨죽이며 살았던 우리다. 너희 열강들, 작고 자원이 부족한 이 대한이 키운 인재를 보아라. 이제 한 천재가 그 모두를 능가할 화산 못지않은 힘을 뿜어내리라.

그러나…. 두더지 게임처럼 툭툭 불거진 소식은 우리를 끝이 안 보이는 나락으로 떨어지게 했다. 그 모든 연구발표를 증명할 논문 하나 없는 헛것이고 작위라니. 더구나 고도의 정확도와 실증을 뒷받침 할 과학 분야에 말이다. 충격과 분노, 실망과 의구심이 뭉텅 불거졌다. 모두들 너무나 허탈하여 일손을 놓고 있었다. 불치병을 고치려고 희망을 걸었던 사람들은 울부짖으며 땅을 쳤다. 너나없이 부끄러운 한 마당의 굿거리를 세계에 벌렸구나.

혹시나 실낱같은 바람이라도 잡으려고 과학도인 아이들에게 "애야, 이번 일이 아무래도 석연찮다. 언젠가 읽은 《무궁화 꽃이 피었습니다》처럼 우리 수준에서는 풀 수 없는 뭔가가 있는 것만 같아." 라고 했더니

"엄마가 글을 써서 그래요. 과학은 소설이 아니예요." 담담하게 대꾸해서 자식이라도 매정하고 야속하기까지 했다.

털어버리려고 그래도 자꾸만 약소국의 급성장을 시기한 어떤 거대한 힘의 장난이 아닌가 의구심이 생긴다. 아니 그렇게 믿고 싶

다. 그 학자에게 완벽한 실험의 결과를 낼 수 있을 때까지 느긋한 기회 제공을 한 번만이라도 더 주었으면 싶은 미련이 자꾸 생긴다.

세상은 참 아전인수다. 침이 마르도록 성급하게 떠들던 답이 궁한 사람들은 허황된 사건의 결론을 한국인의 빨리빨리, 곧 '냄비 근성'이라고 몰아댔다. 물론 연구원 모두 지나친 기대로 엄청난 정신적 압박은 받았을 테다. 허나 냄비가 무슨 죄인가. 얄팍한 몸으로 빚어져 죄라면 상대가 원하면 뜨거운 열기에 제 몸 재빨리 달구고 빨리 식어가며 헌신한 것이 잘못일까.

"누가 나에게 돌을 던지며 상처를 내느냐. 누가 나의 이름을 혀에 올리느냐."는 냄비의 목소리가 높다.　(2006. 봄. 문예시대)

시래기

사물은 제 존재에 맞춰 이름을 가진다. 꽃은 향기와 태깔로, 나무는 여럿이 숲을 이뤄 맑은 공기를 키우고, 될성부르게 자라 재목이 되기도 한다. 안개는 세상을 지우며 저 있음을 알리고 바다는 출렁이며 제 이름을 부른다. 살고 있는 수십 억의 인구 하나하나는 물론이고 아스팔트 틈새에서 자라는 괭이밥 한 포기, 하루살이도 무의미하게 지는 해를 붙잡고 맴을 돌진 않는다.

산사山寺 밑에서 등고선처럼 주름을 잔뜩 쏟아내는 한 촌부 앞에 놓인 시래기가 눈에 띄었다. 하얀 서리에 얼굴 씻고 밭골을 지키던 싱싱한 줄기와 잎들이 제 터전을 벗어나 줄줄이 짚에 꿰여 또다른 만남을 기다리고 있었다. 예리한 날로 인해 밑동과 줄기로 각각 찢겨진 운명이 야속해서 그럴까. 뿌리의 부재가 서럽고 기약 없는 재회가 막막하고 못 미더워서일까. 한 몸이었던 때와는 사뭇 다르게 잔뜩 겁먹은 얼굴로 고개를 푹 조아리고 있다.

얼른 두 줄을 사서 앞 베란다 장독 위에 걸었다. 햇발 머무는 처마 밑 황토벽에 기대 길게 걸려 있어야 할 시래기가 이렇게 좁다란 장소에서 겨울 볕을 쬐게 되다니. 그래도 차별 없는 자연의 힘을 믿고 옹색한 곳에 똬리를 틀게 할 수 밖에 없었다.

어느 날, 들통을 꺼내려다 그 곁을 스치니 '바스락' 소리를 내며 무심했던 나의 시선을 끈다. 아니! 나의 관심 밖에서도 스스로 가치 있는 존재가 되기 위해 그들은 낮에는 햇살을, 밤에는 창틈으로 들어오는 바람과 달빛을 마시며 제 이름처럼 몸의 부피를 꾸들꾸들 줄여 나갔나 보다.

묵힌다는 것은 시간을 쌓아 올리는 작업이다. 눈물을 글썽이며 덕장에 걸려있던 명태가 동해의 갯바람과 추위에 얼고 녹기를 수십 차례 반복하여 고귀한 황태가 되듯이 시래기도 또 다른 생성을 위해 자신의 소멸이 당연한 듯 뒤척이며 말랐나 보다. 혹은 어머니의 패악을 말리다 못해 곡기를 끊고 스스로 소신공양을 준비하던 《등신불》의 '만적'처럼 고뇌하면서 말랐을까. 그보다 가을과 초겨울의 들판을 지키던 푸른 기상으로 사람과의 하나 됨을 다짐하며 어떤 극한 상황에서도 의연하게 받아들이고 인내한 것에 무게 중심을 두고 싶다.

식탁 차림이 막연한 어느 날, 시래깃국을 끓이려고 그들을 물에 불렸다. 깡마른 시래기는 잃어버린 만큼의 물을 머금어 퉁퉁 불어 부피가 커졌다. 햇살이 짙게 입맞춤한 무청은 새파랗게, 그늘진 곳에 있었던 것은 누렇게 변신하여 제 빛깔만큼의 물을 들이키며 삼킨 시간을 토해냈다. 그도 모자라 냄비 속에 구겨 넣어 한참이고 삶았다. 뚜껑을 들썩이며 말랑하게 익혀진 투명한 껍질을 거피하면서 시래기가 사람과 들판을 이어주는 끈은 아닐지. 세상을 다 가지고 영원을 살듯이 뛰어보고 움켜 보지만 결국은 땅의 품에 안겨 마침표 하나 찍는 존재인 사람. 무상한 그들을 땅과 이어주는 탯줄일는지도 모른다는 생각이 든다.

다듬은 시래기가 손가락 사이에서 맞나는 변신을 하니 조건반사처럼 군침이 입안을 채우고 뒤따라 울컥 해묵은 그리움이 다가온다. 시래기인 듯 말려지고 바래진 세월 속에서 가슴 아리도록 푸른 하늘이 가만히 자락을 펼친다.

고드름 주렁주렁 열린 처마 밑 붉은 황토벽에 월동준비를 끝낸 집집에는 어김없이 시래기가 거풍을 하고 있었다. 그 아래에는 버짐 꽃 하얗게 핀 얼굴과 튼 손을 가진 아이들이 재기차기, 자치기, 사방놀이와 팽이치기를 하면서 당찬 미래를 싹 틔우고 있었다.

보릿고개를 넘어야 하는 시름 많던 어른들은 시래기를 노란 된장과 들깨가루에 버무려 국이나 나물로 만들어 먹었다. 그들은 쌉쌀하면서도 구수한 냄새로 사람들의 입맛을 돋워 힘으로 만들었다. 그렇게 당겨 온 자연은 사람의 피가 되고, 살이 되었다. 그리고 영혼이 사는 집, 크지도 작지도 않은 맞춤집을 뚜렷하게 지었던 것이다. 그러기에 오랜 지기인 그들과 함께 넘던 모진 겨울은 그리 쓸쓸하진 않았다.

어린 우리도 시래기를 한 몸으로 받아들여 순박하고 투박한 꿈을 꾸었다. 요즘처럼 상대를 넘어뜨려야 내가 일어서는 전투적이고 컴퓨터가 친구인 아이들이 아니었다. 실현불가능이란 것을 아예 염두에 두지 않은, 마티스나 피카소의 아름다운 환상 속 아희가 되어 상상의 나래를 펴고 우주를 거침없이 종횡무진 날아다녔다.

그런 어른과 아이들의 해묵은 동행인 시래기가 한 때 쓰레기가 되어 우리의 입맛과 맘속에서 사라지고 눈에서도 저만큼 멀어졌다. 사람들은 핍진한 그 시절의 가난을 치부로 선인장 가시처럼 꼭꼭 찌르는 아픔인 듯 도꼬마리의 열매를 떼어내 듯 뇌리에서 매정하게 없애 버렸다. 베적삼을 내던져 유채색의 번쩍이고 매끄러운 비단으로 갈아입었다. 추구하던 별난 세계로 빨리 입성하고 싶은 바람이 더 가속을 냈는지도 모른다.

그러다 한참이고 세월을 소진한 후에 눈을 크게 떠보니 감춰진 여러 부작용이 비로소 속속 드러났다. 맹목적으로 쫓은 신기루의 한계는 그 이상 이하도 아닌 혼돈 그것이었다. 거친 것에 배여 있는 진실을, 토속적인 것에 우리들의 얼이 저며 있다는 것을, 시래기와 더불어 산 삶이 정체성을 갖춘 참살이라는 것을 한참 휘돌아와 비로소 알았다.

고개 숙여 귀를 활짝 열고 시래기에 깃든 말없는 이야기를 듣는다. 몇 며칠이고 말리고 또 흠뻑 물을 먹여 오래토록 삶아 시간이 쌓인 그들을 입으로 넣어본다. 여러 번이고 고쳐 죽어서일까? 누르죽죽한 시래기를 천천히 음미하니 씹히는 질감이 아싹하고 그윽하며 달작지근까지 하다. 쓴 그들에게서 기다림으로 또 다른 깊은 맛을 추출한 것처럼 나의 인생도 뭉근히 익히고 곱씹어 은근한 맛으로 승화시키고 싶다.

내 그리움이 혀를 원격조정 한다. (2012. 12)

소금내음과 함께 불어오는 싱그러운 **바닷바람** 처럼

다시 온 세상 | 고구마 | 그네들은 어디 갔나 | 그 해 여름에는 | 황토 |
11월을 건너다 | 새 | 청조는 넘실대고 | 말 | 속수무책으로

불꽃이 일 때마다 별똥별인 듯 쏟아지는 불티들, 환상적인 분위기에 젖으니
사무쳤던 청춘이 우르르 달려나왔다. - 청조는 넘실대고 중에서

다시 온 세상

어둠을 깨뜨리는 알람으로 얼른 이부자리를 밀어냈다. 안경을 찾아 더듬거리던 손길을 흠칫 거두었다. 컴컴한 영화관에서 갑자기 밖으로 나오면 와락 쏟아지는 햇살에 적응치 못해 아찔하던 순간 같다. 문을 열고 안방을 나와 뒷산을 보고 아래를 내려다보니 아파트의 깎아지른 허리는 연분홍 꽃띠를 동여매 곱다 못해 경이롭다. 세상이 달라졌다. 다가 온 세상이 너무 맑고 투명하여 눈이 부시다.

《전원교향악》의 자르뜨뤼드가 다시 광명을 찾았을 때, 장님으로 살면서 상상한 것보다 눈으로 본 세상은 훨씬 아름답다고 감탄했듯이 나 역시도 언제 이런 봄이 있었나 싶게 이전보다 확연히 화사한 봄, 4월이다.

불혹의 나이를 넘긴 어느 날, 늦게야 운전면허를 따겠다고 문제집을 펼치는 내 시야가 침침함은 물론이고 종횡무진 떠다니는 훼

방꾼이 있었다. 장방형이거나 작은 별 혹은 은빛 먼지가 눈을 뜨는 순간부터 감을 때까지 따라다녔다. 몇 번이고 눈을 깜빡이고 세수도 하고 누액을 넣어 보았으나 별 진정의 기미가 안보였다.

부랴부랴 안과로 달려가 이물질을 제거해 달랬더니 젊은 의사는 백내장이 진행 중이고 떠다니는 이물질은 망막의 노화로 생긴 것이라며 신통한 약이 없으니 친구처럼 지내라고 무심하게 말했다. 내 몸 한 자리에 침투한 쫓아내고 싶은 침범자를 벗으로 삼으라니 무슨 가당찮은 말을!

친구란 무엇인가. 나와 인생을 삼투압할 수 있을 정도로 가치관이 맞아야 하며 만나서 즐겁고 헤어져 있으면 그립고 아쉬운 존재다. 더 나아가서는 나를 대변할 나의 또 다른 이름이아니던가. 어이가 없어 마음이 벌집 쑤셔 놓은 듯 뒤숭숭했다.

병원 문을 나서는 발걸음이 무거웠다. '생자필멸'하고 '회자정리'라는 그 율에 누구든 자유롭지 못하지만 신체의 일부를 시간에 내어주다 못해 외려 나를 공격하는 살과 한몸으로 살아야 한다니. 생살 찢겨져 핵을 삽입한 조개는 아름다운 진주를 빚는데 흠집만 내며 쇠잔해지는 내 인생이 비감했다.

박경리 선생은 '아아 늙어서 이리 편한 것을.' 누구는 세월이 간다는 것은 슬픈 것만은 아니라고 성숙이나 감정의 절제가, 색을 조금은 공으로 볼 수 있는 안목을 가진다는 등의 대체감정을 쏟아내었지만 마음에 아픈 바람이 불어오는 것은 어쩔 수가 없었다. 아직도 할 일이 많은 것 같은데, 급브레이크를 밟는 충격이 온다. 시간을 헛되이 보내버린 나를 내가 허용하지를 않는데도 말이다.

그렇게 어쩔 수 없이 몇 년을 적과 동침을 하며 살다가 시력이 거의 바닥이 되어 수술 날짜를 받아놓은 우울하고 두려운 어느 아침, 방송에서 절망을 희망의 또 다른 이름으로 만든 한 분을 조우했다. 그 분은 장애 아버지를 부끄러워하는 아이들에게 불을 끄고 잠들기 전에 매일 동화책을 읽어주었다고 했다.

아이들은 단순히 동화로만 듣지 않았을 것이다. 눈먼 아버지의 절규와 한을 승화하여 이심전심으로 한 차원 높은 곳으로 다가갔을 것이다. 이런 사람 승리의 얘기를 들으면 상대적으로 내가 한없이 작아진다.

수술대에 누워 내가 살아 온 아름다웠던 세상을 잊지 않으려고 이탈하려는 마음을 단단하게 묶었다. 찰깍거리는 기계음이 아득해지고 의사가 수술은 성공적이라는 말을 했지만 확신을 할 수 없었던 터, 바짝 신경을 쓴 탓에 온 삭신이 무너지듯 아팠다. 안대를 하고 흐릿한 물체를 더듬거리며 촉감으로 주위를 익히면서 단 한 번이라도 눈떠 세상 보기를 간절히 바랐던 헬렌 켈러의 심정에 마음을 같이 했다. 인도견에 의해서 세상을 밟는 맹인의 삶도 어둠 속에서 가슴 절절이 헤아려졌다.

입원실에서 뒤척이며 초조한 마음으로 1박을 하고 퇴원을 한 지일주일이 지났다. 차츰 시야가 마취에서 깨어나듯 먼데서부터 매일 조금씩 다가오던 빛이 확고하게 재 존재를 알린 오늘이다.

　되찾은 새눈으로 새 세상을 어떻게 살아야 잘 사는 것일까. 잘 보이는 세계만큼 이전의 나보다 훨씬 더 멋스럽게 살고 세상의 어두운 곳을 헤아려 보아야 할 텐데. 훤하게 보이는 새 세상만큼이나 심안心眼을 밝혀야 할 텐데. 나 스스로 풀어야 할 엄숙한 숙제다. (2009. 부산수필문예)

고구마

삭풍이 몰아치는 한겨울 밤, 창문이 덜컹, 부르르 떤다. 기억 속의 문풍지 울음과 흡사해 애벌레인 듯 몸을 주름 잡는다. 지난여름의 살인적인 더위가 매서운 겨울의 신호탄이었는지 춥다. 시대상을 기후가 먼저 아는 걸까. 어느 때부터인지 세상이 이분법으로 나눠지더니 대기도 '매우 덥다 아니면 매우 춥다'로 변했다. 삼한사온, 절기도 불분명해지고 중도나 중산층, 중간 쯤 등의 두터운 띠가 소리 없이 자취를 감추었으니, 눈치 빠른 기후가 시대에 편승한 걸까? 현 세태를 보는 듯해서 옷이나 이불로 이글루처럼 움집을 만들어 들락거리곤 한다.

산 정수리에 걸려 있는 하현달도 파랗게 질린 밤, 남편의 귀가를 기다린다. 현관문으로 귀를 쫑긋 세우고 있는데 문에 매달아둔 작은 종이 맑게 울린다. 바람 사이를 뚫고 온 남편이 따끈한 봉지를 쑥 내밀었다.

아! 고구마다. 얼른 받아 안으니 따끈한 온기와 달콤한 향이 침을 모은다. 뜨거운 김과 함께 군데군데 껍질이 까맣게 타고 부풀어 터진 자주 색의 겉피를 벗기니 노란 호박 빛 속살이 예쁘다. 눈과 입으로 먹으니 가슴까지 따뜻해진다.

17 세기 경, 먼 멕시코에서 일본으로 건너와 인연따라 이 땅에 뿌리 내린 귀화식물로 더 우리 것이 된 고구마. 허기진 시절에 뿌리나 줄기 어느 한 군데 독성 없이 온몸으로 사람 방생을 한 구황식물이다. 초봄 햇살 잘 드는 방에서 순을 틔워 박토에 옮겨 심어도 놓임 자리를 탓하지 않고 왕성하게 자라는 어진 고구마여서 더 고맙다.

요즘처럼 과다 영양으로 비만이 비일비재한 시절에 비하면 비루하고 초라한 고구마의 이야기다. 식사 대용으로 뿐만 아니라 아이들도 점심 도시락과 더불어 생고구마 한 뿌리 씻어 들고 가면 배고픈 친구들이 줄을 섰다. 죽– 일렬로 서서 한입씩 베어 고구마에 치아 자국이 그대로 남아 있어도 간염이나 감염을 걱정하지 않았다. 맑은 공기와 따스한 햇볕이 빚은 자연 치유제가 함께한 연유다. 어린 우리는 사람의 자식임과 동시에 자연의 아희들이었으니까.

밤이면 군불로 구운 고구마와 살얼음 깐 동치미를 먹으며 듣던 할머니의 옛날이야기는 긴 겨울밤도 짧았다. 사랑방에서는 머슴들이 모여 다음 해의 농사를 위해 새끼나 가마니를 짜면서 부르

는 "앵두나무 우물가에 ~." "십오야 보름달은 ~ ." 등의 콧노래
가 댓돌을 넘었다. 그들의 출출한 배도 즙이 질척한 생고구마가
달래 주었다.

 고구마를 좋아하셨던 아버지는 그 어떤 풍경에도 비어있었다.
먹물깨나 먹은 당신은 농촌에 적응을 못하고 항시 객지를 떠도셔
서, 한 번씩 뵈는 아버지는 어린 우리에게 낯설기만 했다. 도회의
고모 댁은 우리 집과는 판이했다. 언제나 칼 퇴근을 하시는 고모
부의 손에는 항상 입가심 거리인 군고구마나 가래떡, 김나는 찐
빵이 들려져 동심을 설레게 했다. 마루를 굴리며 목을 휘감는 동
생들을 번쩍 들어 목말을 태워주시는 화목한 분위기가 부러워 목
이 컥컥했다. 그래, 저런 것이야. 집이란! 나는 절대로 아버지나
어머니처럼 살기가 싫었다.

 고향을 떠나 얌전한 어머니가 운명과 정면 돌파하는 억척스런
모습은 나의 눈에는 속되기만 했다. 더구나 내리막이라고는 없이
탄탄대로를 걷고 어느 정도 위치에 이르니 재화가 절로 재화를
생산하는 경제 구조가, 그저 남의 옷을 착취해 입은 것 같아 불편
했다. 내 안에는 자본주의를, 물질을 비웃는 이단아적 사고가 굳
어갔다. 더 박차를 가해 누구에게나 차별 없이 균등하게 분배되
어야 할 풍요가 당신의 밝은 이재로 우리 집에만 편중되었다는
소리 없는 반항의 나무가 가슴에 뿌리를 내렸다. 그 나무는 동전
의 이면을 향해 잎이 나고 가지를 무성하게 드리웠다. 당연히 '전

혜린'은 나의 신선한 우상이었다.

집을 벗어나고 싶던 차 근무하게 된 교직은 그야말로 내가 꿈꾸던 곳이었다. 땀 흘린 만큼 거두는 우직한 농가의 생활이야 말로 삶의 근본이며 질서 같았다. 낮이면 순박한 아이들과 글을 매개로 사제 간의 정을 켜켜이 쌓고, 밤이면 같이 하숙했던 과목별 선생님들과 툇마루에 앉아 고구마나 감자, 옥수수 삶은 소쿠리를 앞에 놓고 별을 노래했다. 꽃나이에 걸맞게 그 시절의 나의 일상은 오래 두고 여운이 남는 한 편의 아름다운 영화였다. 그렇게 고구마는 유년과 젊음을 되새김질하는 중심축에 있었다.

세상은 앞바퀴만으로 움직이는 게 아니다. 디지털적 성향의 사람들이 속도를 내느라 쉬 보지 못한 조금은 느리고 투박한 아날로그적 삶도 공존하며 역사의 수레를 돌리는 건 당연한 이치다. 음식도 그와 같아서 패스트 푸드가 활개를 치는 세상 속에서 건강을 이유로 변함없는 맛과 향기를 지닌 그들의 얼굴을 수시로 보면서 향수에 잠긴다.

사람살이도 고구마인 듯 살면 좋으리라. 보이지 않는 깜깜한 땅속에서도 땅 위보다 더 맛을 익히는 고구마처럼. 이 나이를 먹다 보니 시간을 거슬러는 장사는 없었다. 눈부신 외양도 세월 앞에서는 평준화가 되고 결국 스스로 책임져야 할 영혼의 무늬만 오래 남는 것 같아서다.

고구마 어느 부위고 독이 없다는 것도 우리의 본보기다. 눈에 보

이는 독뿐만 아니라 시기나 증오, 멸시 같은 독성을 통제하지 못
해 괴로워하는 사람에 비하면 고구마는 놀랍기만 하다. 온몸을
던져 누군가의 일상의 양식이 되고 마음을 데워주는 그의 존재
앞에 나는 자꾸 움추려든다.

 아무리 세상이 변해도 부모와 자식은 서로를 비추는 거울이다.
고구마를 즐겨 먹고 큰 아이들도 이제 저희 아버지처럼 고구마
봉지를 품고 등불 따듯한 집을 향해 발걸음을 재촉하겠지. 눈발
사이를 뚫고 온 고구마의 맛난 향을 맡으며 아이들은 막무가내로
팔짝거리고 며느리는 아래층에 눈치가 보여 쉿- 주의를 주며 웃
을 것이다.　(2012. 12)

그네들은 어디 갔나

"여(여기) 이 종로약국 건방(근방)이지 싶은데. 업써짓나.(없어졌
나)"

남편과 나는 추억으로 달리는 열차를 타고 거미줄 같은 시가지
여기저기에 촉수를 들이밀었다.

"그래. 여가 맞다카이끼네.(여기가 맞다니까)"

한참이고 두리번거리다 신축 건물 사이로 뾰족이 내민 작은 간
판 앞에 동시에 눈길이 멎었다. 다시 이 굽어진 나무 계단을 밟다
니! 만감이 교차한다. 앞서는 남편의 옷자락을 잡고 좁은 층계를
올랐다. 찌걱찌걱 삼십 년을 훌쩍 넘긴 세월을 거슬러 노 젓는 소
리가 우리를 따른다. 이 바쁜 세상에 반갑게 맞아주는 먼 날의 그
계단, 살아서 천 년, 죽어서 천 년을 사는 나무의 생명력이 고마
워 입이라도 맞추고 싶었다.

동숭로에 있는 이름도 정이 뚝뚝 묻어나는 '학림다방'에 왔다. 커

피숍, 혹은 외국 상표를 건 대형 커피 전문점이 판을 치고 있는 이 세상에 '다방'이란 상호를 그대로 고수한 곳, 살구꽃 환한 고향 마을에 온 기분이다.

중세의 고풍스런, 《황태자의 첫사랑》에 나오는 골동품 같은 문을 디밀고 들어서니 LP 판이 풀어 놓은 베토벤의 선율을 따라 안개가 가득하다. 아- 이 편안한 자리, 옛 생각에 한 차탁을 마주하고 부드러운 천 의자에 깊숙이 앉아 숨 고르기를 했다. 통유리 쪽 창가에는 젖 냄새가 나는 볼이 붉은 젊은이가 책을 꺼내 읽고 있다. 저 쪽 한 여학생은 담배 연기를 뿜으며 창밖을 응시하고, 머리가 닿을 것 같은 위층에는 반백의 중년들이 차를 음미하며, 담소를 나누고 있다. 창틀에는 길 건너 마로니에와 담쟁이 넝쿨이 앙상한 겨울 한 자락을 물고 정물처럼 걸려 있었다.

민주화가 잉태한 곳이기도 하고 산실이기도 했던 곳, 참울했던 시대 가운데서 어머니의 뱃속처럼 우리를 숨 쉬게 해주고 편안하게 해 주었던 지킴이, 학림. 무수한 젊은이들의 애환과 고뇌와 성장통을 다 품어 안았고 문학과 열정이, 지사적인 항거와 이념이 혼재하며 호흡하던 곳. 《오적》을 쓴 김지하가 수감 되어 가슴을 저리게 했던 그 아픔도, 천재 수필가 전혜린이 철저하게 물질을 냉소한 그 웃음이 다실 곳곳에 배어 있었다.

전태일의 분신에 분기하여 술렁대던 그 날들, 휴교령으로 굳게 다문 교문과 유신이 발포되어 최루탄에 눈물을 흘리지 않고는 대학을 다닐 수 없었던 학창시절이었다. 물고문과 위장 취업, 남영동의 중앙정보부 등 으스스한 말들과 사건들이 다들 역사 속으로 떠나갔다. 젊음은 무엇이며 인생은 무엇인가. 초혼가를 읊듯 그 시절을 떠 올리다 메모판을 보니 벌써 창립 50주년을 넘겼단다. 아니, 벌써 반세기가 흘렀구나. 훌라후프처럼 온몸을 휘감은 나이테가 무심하다.

쏜살같이 흐르는 시간의 끝자락을 고스란히 붙잡고 있는 이 찻집이 마냥 고맙기만 하다. 화려한 전성기를 죄다 보내고 불경기에 업종 전환이나 또 다른 곳으로의 확장이나 이전에 대한 유혹도 많았을 텐데. 50년 이상 건사한 주인장의 겸양까지 보석이다. '학림은 추억이 많은 분이 주인이고 자기는 단지 관리인일 뿐' 이라는 그의 마음 크기와 철학이 있는 한 학림다방은 영원한 이름으로 살아있으리라 믿어 본다.

손을 뻗어 난간을 쓰다듬고 발아래를 굽어본다. 더러 보수한 흔적이 보이긴 했지만 보존하기 위한 몸부림이라 생각하니 코끝까지 찡하다. 찻집 한 칸도 소신 있는 업주가 이처럼 간직하고 있는데, 정말 간직하고 고수해야 할 우리나라의 전통과 역사는 산산이 조각나 어디로 흩어지고 있는지.

얼마 전 황족 이석 씨가 전파를 탔다. 항간에는 생활고로 밤업소도 나가 노래를 하고 자살미수까지 시도하고 이혼도 했다는 소문이 무성했다. 왕족의 몰락과 함께 소중한 흔적의 한 면이 사라지는 것 같아 마음이 언짢았다. 그런 삶의 소용돌이 속에서도 온화하고 넉넉한 미소가 어딘지 함부로 넘볼 수 없는 귀골에다 흐르는 기품이 화면을 꽉 채웠다. 사회자의 요청으로, 불타버린 우리의 국보 제 1 호인 '남대문' 이라는 노래도 불렀다. 그분의 호소력 있는 가창력이나 인기 유무를 가리기 이전에 대한민국의 근간이 조금은 흔들림을 느꼈다. 이웃 나라 일본과 영국에는 왕족을 얼마나 추앙하고 경외하는가. 친절한 우리의 신문은 일본 왕실이 세자비를 맞았다. 아기를 낳았다는 둥 크게 지면을 할애하여 보도를 하고 다이애나 비의 결혼식과 죽음을 애도하는 중계방송도 지루하도록 했다.

혹여 다시 왕권회복을 꿈꿀까 싶어 견제한 세력들에 의해 흩어져 먼 나라에 뿌리내려 살고 있는 그들. 어혈 맺힌 가슴에 태극문양을 새겨 넣고 한 서린 무궁화를 피우지는 않을까. 조선의 흙냄새가 절실해 피울음을 삼키며 나날은 살지는 않을까. 황실이 나라의 상징이 되었을 때 그 나라와 민족은 더 큰 하나를 만들 수 있고, 후세들에게 뿌리를 지키는 생 교육도 될 것이다. 황금제일주의가 팽배한 이즈음, 우리의 선비문화와 덕목인 예가 우리가 사는 길이고 희망이다. 가끔 그 분의 대중가요, '비둘기 집'을 좋아해서 흥얼거릴 때마다 세월의 무상과 사람의 무정을 느낀다.

늘 그렇지만 평범한 보통 사람들의 철학이 훨씬 고매하고 현학적인 논리를 앞선다. 우리의 '학림'도 올곧게 살아 반백을 넘은

우리에게 여유로운 공간으로 영원히 남고, 문화를 지키는 지성
과 젊음의 쉼터로 또 하나의 궤적이 되기를 바라며 에스프레소
한 잔을 들었다. 내 사전에 더 이상의 향기로운 커피는 없을 성
싶다.　(2010. 5)

그 해 여름에는

야! 방학이다. 텔레비전에 비친 아이들의 활짝 웃는 모습과 박수 소리가 하늘까지 닿을 듯하다. 환호하는 모습을 보니 나까지 들썩한다. 1년에 세 번 방학 동안만이라도 공부의 압박감과 획일 적인 학습 과정에서 해방되어 자유를 만끽할 수 있는 기간. 수십 년 전 그때나 지금이나 학생들에게는 이보다 더 달콤하고 멋진 일이 있겠는가. 나에게도 신나는 방학이 있었다.

1970년 대 초, 대학생 때의 여름 방학이었다. 학기 말 시험을 끝내고 친구들과 멋진 휴가를 보내기 위해 빽빽하게 갖은 계획을 다 짰다. 지방 친구들은 고향으로 향하고 남아 있는 아이들은 여행이나 국토횡단을, 혹은 아르바이트로 부모님의 학비걱정을 들어주던 기특한 애들도 있었고, 도서관에서 취업에 필요한 공부를 하는 실속파들하며 나름대로 알찬 방학을 보내려는 준비를 하였다.

나는 절친한 친구 몇 명과 농촌 봉사활동을 하기로 했다. 시골에서 태어나 초등학교까지 다녔지만 어렸을 때인지라 속속들이 그 실정을 알지 못해 궁금하기도 했지만 아슴푸레한 향수에 더 부등 호를 두었다. 향리 사람들이 적대감을 가지지 않게 다들 고무신과 한창 유행하던 미니스커트와는 차별화된 긴 치마와 수수한 옷을 필수로, 밑반찬 몇 가지를 마련해서 자매결연한 마을로 향했다.

무논의 모들은 쉼 없이 선수들을 격려하는 경기장인 듯 파도타기를 했고 눈에 드러나는 유연한 능선을 차창에 끼워 달리니 《상록수》의 채. 영. 신이라도 된 듯 비장한 각오가 일었다. 2주 가까이 나는 얼마나 그 곳을 알아가고 적응하며 부락민들은 어떤 사람일까 상상하며 시외버스로 4시간 여를 달려 내린 곳은 충남 서산의 작은 농어촌이었다. 나지막한 뒷산이 아기를 안은 것처럼 마을을 감싸고 앞으로는 들판과 바다가 펼쳐진 고요한 동리였다. 한 눈으로 봐도 참 아담한 입지에다 농업과 어업을 생업으로 삼고 사는 사람들의 눈매는 능선을 그대로 그린 듯 했다.

뙤약볕 아래서 콩밭도 매고 고구마밭 풀 뽑기와 청소하기, 아이들의 학습 돌보기가 우리들의 할 일이었다. 일에 지친 어른들이 방치한 어린 아이들이 너무나 잘 따라서 가르치는 기쁨은 컸다. 모두들 최선을 다해 그들과 마음을 나누려고 노력했다.

무심한 무더위는 목까지 올라왔다. 땀은 줄줄 등짝으로 타고 흘렀고 하루살이는 짧은 생애를 치열하게 사느라 우리 주위를 맴돌았다. 며칠간이라도 파도 소리를 베고 잠드려던 상상은 조각나고 노곤한 몸을 이끌고 잠자리에 들면 극성스런 모기만 앵앵거리며 피를 빨아댔다. 처음 의욕과는 달리 차츰 지쳐갔다. 가져간 밑반찬은 바닥이 보였고 심신이 축 처져버렸다. 간식도 그리웠고 다들 편안한 집 생각이 슬슬 나기 시작했다.

반찬이 없던 어느 날, 내가 식사당번이 되었다. 숙박했던 할머니께 전후 사정을 설명하여 겨우 된장을 좀 얻었다. 감자와 먹고 남은 수박껍질을 깎아 넣고 된장을 풀었다. 가마솥에 보릿짚으로 불을 지피니 불꽃은 혀를 날름거리며 튀어나와 얼굴을 쓸고 눈물을 보고 나서야 타닥거리며 탔다. 겨우 찌개가 완성되어 국자로 퍼는 순간, 날기를 꿈꾸던 파리의 애벌레들이 허연 시체가 되어 둥둥 떠다녔다. 어서 조리로 건져내고 시침 떼고 두레상에 올렸더니 친구들 모두 두 가지의 육수(?)로 만든 찌개가 꿀맛인 듯 맛있게 꽁 보리밥 그릇을 다 비웠다. 혼자만의 비밀을 가진 나는 소화불량을 핑계로 밥을 안 먹었다. 그럭저럭 봉사 기간이 끝나는 날, 그간에 물든 정으로 아이들은 "선생님 가지 마세유~."하고 눈물을 글썽대며 버스를 쫓아와 가슴이 짠했다.

단장은 우리들에게 그 동안 노고를 치하하고 학교별장이 있는 만리포 해수욕장에 데리고 갔다. 비키니 차림의 여성들과 벌거숭이들이 해변에 그득했다. 갑자기 이국에 온 것 같이 눈이 부셨다. 시골에서 입은 그 차림으로 모래사장을 걷자 모두 희한한 볼거리인양, '무슨 고무신 부대가 해수욕장을….' 했고 우리는 우리대로

'차림새가 부끄럽지도 않은 지. 농부들은 어떻게 하고 사는데.' 하
며 서로서로 구경거리가 되었다.

 우리 모두 며칠이나마 전혀 새로운 세계를 체험한 것 같아 뿌듯
했다. 어서 농촌이 원시적인 경작에서 벗어나 기계화가 되어야
한다는 것을, 땀 흘린 자가 잘 사는 참 세상이 되어야 한다. 식탁
위의 반찬은 세 가지 정도로 먹는다, 옷은 깨끗하고 검소한 수준
으로 입을 것 등등을 경주의 최 부자처럼 목록을 정해 자신과 언
약했다. 이름부터 '농촌봉사 활동'은 '우리 농촌 바로알기'가 더 알
맞은 명칭이라고 생각을 하면서 귀가를 했다.

 나는 그렇게 값진 방학을 보내며 마음 창고를 풍선만큼 키웠는
데 반해 두고 온 세상은 정물인 듯해서 놀라기도 했다. 집이랑 가
족도, 갈 때 꺼냈던 비누랑 치약까지. 다양한 경험을 하는 만큼
변화하기 마련이고 또 성장한다는 것을 야무지게 학습했다.

 지금도 방학만 되면 내 마음이 이리 흔들리는 것을 보면 그리움
이란 나이나 세월에 전혀 주눅이 안드는 신성의 구역인가 보다.
그 시절의 추억을 못 잊어 대학생이 된 내 아이들에게 농활農活
을 슬며시 권해보았지만 모두 해외연수를 택했다. 격세지감이
났지만 강요는 할 수 없었다. 요즘도 대학생들이 농촌봉사 활동
을 할까?

 뉴스를 보고 깜짝 놀랐다. 강원도로 봉사 활동을 간 대학생들이
장마로 산사태가 덮쳐 목숨을 잃기도 하고 크게 다쳤단다. 잠을

자고 있는데 갑자기 벽이 무너져 대피도 못하고 그대로 당한 꿈 나무들, 가슴이 철렁 내려앉았다. 천상에도 젊은 그들의 힘과 정신이 필요한가. 왜 그리 서둘러 데리고 갔을까? 꽃숭어리들이 개화도 못하고 그대로 떨어졌으니 엄청난 비극이다. 어학연수나 외국 여행도 가지 않고 나라사랑을 택한 아름다운 젊은이들에게 그런 불행이 일어나다니. 부모님들은 이제 다 컸거니 안심하고 오지로 보냈을 텐데, 참변을 겪은 가족들은 하늘이 무너진 것 같았을 것이다. 옷을 여미고 두 손을 모아 본다. (2011. 8)

황토

두근두근 숨소리에 내 숨결을 맞추고 눈을 감고 얼굴을 묻는다. 부드러운 촉감에 쟁여있는 쑥부쟁이와 망초, 상큼한 숲 향기가 상큼하다. 내 몸에 흐르는 땀과 오염은 물론이고 부끄러움까지도 가려주며 나와 동행할 작은 소지품. 손수 자연에서 얻어 와 더 애착이 가는 황토 염색 손수건이다.

평생 알레르기 비염과 함께하고 있는 나에게 귀농한 친구는 황토로 염색한 손수건으로 코를 눌러주면 해방될 것이라는 귀띔을 해주었다. 언젠가 시부모님 산소 가까이 있는 억새풀 둔덕에 불그스럼한 황토가 움퍽 파인 채 방치된 것을 눈 여겨 보았다. 마침 고향에 들른 길에 황토를 채취하여 영남 알프스 고개를 넘으니, 나병의 고통 속에서도 아름다운 시를 빚었던 한하운의 아픔이 손끝에 전해졌다.

가도 가도 붉은 황톳길

숨 막히는 더위 뿐 이더라.

낯선 친구 만나면

. 우리들 문둥이 끼리 반갑다.

떠온 흙을 베란다에 있는 화분에 붓고 고향 땅 한 줌과 같은 공간에서 숨을 쉬니 가슴이 뭉클했다.

한참을 방치하다 짬 내어 오늘은 드디어 작업에 들어갔다. 염색이라고는 봉선화 꽃물들인 것 외에는 처음이라 자신은 없지만 그래도 애틋한 마음 몇 올은 채워주겠거니 하는 소박한 생각만으로 달려들었다.

황토에다 소금과 물의 양을 조절하고 버무린 흙탕물에 하얀 무명천을 담구었다. 순백의 면은 자기를 고집하지 않으며 금방 황토 색깔을 머금었다. 그렇게 물을 들이고 말리기를 서너 차례 반복하다 마지막에 우유를 희석하여 헹구고 푸른 하늘 한편에 내걸었다. 널어놓고 봐도 들녘에서 땀 흘리며 그을은 우리의 피부 빛과 닮은 색채가 천박하지 않아 정이 든다.

손수 만든 작품이라 애착을 가지고 몇 번이고 땀을 닦다보니 모시옷에 흰 수염 기르시고 눈빛 형형한 큰 어른 한 분이 뒷짐지고 계시는 모습이 그려진다.

하늘님은 비학산을 안치하고도 아쉬운 마음 채울 길 없어 굽이 굽이 북천강을 펼쳐 놓으셨는가. 숨은 의중을 헤아린 강은 강심을 훤히 드러내 아리랑을 읊조리며 흘렀다. 아리랑~ 아리랑~ 듣기만 해도 처연했다.

대문, 중문, 소문으로 여인의 속곳 단장인 듯 두르고 아픔을 감췄지만 외가의 대나무 숲에 이는 바람과 안채의 황토 담장은 조상들의 가슴에 난 공황을 훤히 꿰고 있었을 테다.

'내 시아버님은 스무 다섯 살 청년이었지만 세상을 꿰뚫어 보는 이치가 훤-하셨제. 사재를 털어 방수림으로 만들고(지금의 긴늪) 자갈밭과 늪을 옥토로 개간하여 구민을 하셨구마는. 일찍이 벼슬길에 올라 창녕 고을 원으로 제수하셔서 상하를 두루 살피신 도량과 선정을 인정받아 통정대부(정3품)로 승임 받으셨제. 국운이 이울자 벼슬길을 마다하고 본가로 귀향을 하셨다. 향리에서도 독립운동으로 모진 고문을 당하고 밀양 사립집성 학교와 대학 기성회를 발족하시고 후학을 위해 혼신을 다하신 분이었다. 그분은 어진 성품에다 도도한 위엄하며 참 큰 그릇이었구마는. 시대를 잘못 만난거제.' 외할머니의 카랑카랑한 음성과 눈자위는 눅눅하게 젖어 있었다.

업이었다. 당신의 허약한 넷째 아들이 뼛속이 훤히 보이도록 화상을 입고 앉은뱅이가 된 것은.

부산 도립병원에서 형제의 피부를 이식해야만 화상 부위가 낫는다 하자 부친의 순한 자질을 빼닮은 장자가 일본 유학을 가려든 발길을 되돌려 심중을 굳혔다. '셋째는 신혼이니(나의 외조부님) 내가 동생의 살을 심어야 겠다.' 라고.

수술하는 날, 의사는 예리하고 시퍼런 칼날로 마취도 없이 생살을 도려내었다. 살이 또르르 말리며 부피가 줄어들자 대퇴부를 세 번이나 포를 떴다. 행여 부모님 들으시면 마음 아프실까 스스로 재갈을 물었지만 터져 나온 비명소리는 건물 층층을 흔들었다.

기막힌 형제 사랑은 귀감이 되어 나라에서 상을 내리고, 시인 묵객들과 유림들은 향장록을 편찬하고 밀양 박씨 가문의 아름다운 우애에 경탄하며 수 백 통의 서한과 헌시로 칭송을 했다. 그러나 큰 아드님은 그때의 후유증으로 다시는 일어설 수 없었고 정신 착란증까지 와서 서둘러 부모님을 앞서 이승을 하직하였다. 동생 역시도 짧은 생애를 살다가 가셨으니. 아무것도 해 줄 수 없는 남은 가족들은 그저 불가의 윤회로 이 가슴 아픈 매듭을 풀어 자위하고 싶어했다.

현대는 의술의 발달로 각막은 물론이고 간이나 콩팥 같은 장기 이식까지 행하여 꺼져가는 생명을 소생시키기도 한다. 그러나 시대의 희생양이었을까. 큰 외조부님은 무지막지한 생체 실험 대상이었으니, 한 세기도 더 지난 사건이지만 아픔이 서늘하게 밀려와 삼복더위에도 소름이 솟는다.

세월은 강산을 몇 번이나 허물고 세웠다. 긴늪 마을 앞뒤는 고속도로가 나고 인간의 애욕을 안은 강도 흘러 몸집을 줄여 큰 내 수준이 되었으니 무상이어라. 이참에 디지털 세상은 무슨 말을 할까. 선인들은 왜 그리 어리 석느냐고, 아니면 하늘도 움직일 더할 나위 없는 끔찍한 우애라 할까. 말리지 못하고 방관하여 결국 두 아들 모두 가슴에 묻고 산 부모가 지혜롭지 못하다고 냉철한 비판을 할까. 허나 그 시대의 물음표는 그 시대만이 현답을 할 수 있다.

어쨌거나 황토 속에는 일백 번 고쳐 죽어도 내가 도저히 따를 수 없는 형제 사랑과 못다 핀 청년의 열정이, 일가권속들의 한이 서려 있다. 그 상황을 그릴라치면 안구 건조증으로 뻑뻑한 눈에도 금방 물기가 돈다. 황토 손수건이 부지런히 얼굴을 다독이며 위로를 하고 있다.　(2007. 10.수필문학21)

.비학산; 경남 밀양시 남기리 기회동에 있는 산.

.북천강; 긴늪 숲 앞으로 흐르는 낙동강 지류.

11월을 건너다

바람이 많이 부는 음력 이월을 영동 할머니가 내려오는 달이라 하여 '바람달'이라 한다. 이름은 서정이 진득하지만 사람들은 인간의 대사, 결혼이나 이사 등을 이월에 치르면 안 그래도 힘든 인생살이에 바람 잘 날이 없다며 다들 삼간다. 골 웅숭깊은 내륙 지방과 수도에 살았던 나는 처음 그 전언을 들었을 때는 우습더니 오래 부산에 살다보니 항구도시의 특성을 이해하게 되었다.

요즘 내 마음 집에 바람이 들어와 산다. 일 년 열두 달, 순환하는 절기에 순응하고 변화하면서 살아가지만 왠지 11월 초입부터 내가 제어하지 못하는 아쉬움이나 회한이 연근인 듯 숭숭 온몸에 구멍을 내어 바람이 들락거리고 웅얼거린다. 그가 시키는 대로 하자면 서둘러 보따리를 꾸려 놓임 자리를 떠나야 할 것 같다.

내 마음과는 달리 가을비로 벚나무는 무겁게 둘러쓴 먼지를 씻어 붉게 타고 은행잎은 샛노란 나비 떼가 되어 어디든지 날아가려는 듯 팔랑거렸다. 주위를 둘러보니 내가 무심했던 차에 산과 들은 스스로 만든 현란한 빛깔로 세상을 물들여 놨다.

저 예쁜 색을 나타내기까지 나무는 칼바람에 몰매를 맞고 체조 선수가 흔드는 테이프처럼 온몸이 뒤틀리고 살인적인 무더위에 비지땀을 흘렸을 것이다. 죽을 것 같은 고통 속에서 분만한 색이어서 일까. 눈이 시리도록 고와 아! 감탄이 안동 화회마을의 물도리 동처럼 가슴에서 온몸을 휘돌아 튀어나왔다. 어찌 저만 나왔겠는가. 내가 미처 못 끌어낸 내 안의 그 무엇인가와 함께 세상으로 나왔음에 틀림없다.

곧 저런 아름다움도 잠시, 머잖아 가을과 겨울이 바통을 주고받으면 홀연히 떠날 나무들이다. 1년 동안 그들의 변신은 천연세제가 되어 덕지덕지 앉은 내 삶의 때나 앙금을 부시곤 했었는데. 내가 아무리 소매를 부여잡아도 그들은 뿌리치고 제 갈길을 갈 것이다. 늘 그렇듯이 떠나는 이보다 남아 있는 이의 속내가 더 허전하여 갖가지 상념에 젖는다.

큼직한 달력도 달랑 두 장 남았다. 년 초에 숫자와 함께 내걸었던 나 자신과의 쪽빛 언약도 찢긴 달력이 되어 나뒹군다. 시간이란 무한정 가져지는 것인 줄 알았던 어린 시절을 지나 가장 절정이었던 젊음도 넘고 인생의 뒤안길에 서고 보니 이 달은 어쩐지 미봉한 채 끝내야 하는 우리네 삶의 행로 같다. 평균 수명이 늘어나 인생은 육십부터라며 자위하고 주어진 시간이 많은 것 같지만 시간다운 시간은 많이 소진하여 허허로운 바람이 파고드는 것은 막을 수가 없다. 발 맞춰 육신도 뼈마디가 욱신거리고 오소소 몸살이 든다.

나이란 모든 이들이 다 공평하게 먹는다. 유독 나만이 예민하게 받아들이고 감상感傷적이라며 애써 털어버리려고 마음을 다잡아 먹어보는데 자꾸 고삐를 놓친다.

단순히 젊음이 사라지고 세월의 흔적을 그리며 늙어 간다는 것이 서글픈 게 아니다. 한 일도 없이 떠나보낸 세월이 아쉽고 더 이상의 도전이 두려워 꿈의 키가 됫박 깎이 듯 현실과 동일 선상에 놓여질 사실이 가장 안타깝다. 나에게 꿈이 없는 인생은 죽음이나 마찬가지다. 아직은 노쇠한 삶보다는 탄력 있는 생생한 시간을 좀 더 가지고 싶은 욕구가 꿈틀거린다는 건 젊은 인자가 잠재해 있다는 증거다. 그런 의미에서는 자존감을 가져야할까 보다. 언젠가 본 영화처럼 버킷리스트bucket list를 작성하여 조련치 않은 생을 다하기 전에 하고 싶은 일을 찾아나서 볼까.

나이를 괘념치 않고 우뚝 선 사람들이 우러러 보인다. 칠십육 세에 중. 고등학교 검정고시에 합격한 할머니 청춘, 팔십팔 세에 발레로 데뷔한 영국의 할아버지, 팔십일 세의 영화감독도 있고 팔십에 시인으로 등단한 노익장도 있다. 경이로운 일은 KFC의 프랜차이즈 창시자인 커넬 할렌드 샌더스는 1008번 실패한 후 육십오 세에 105달러 연금으로 1009번 째 성공했다.

한 번의 실패에도 의기소침해지고 절망했던 나였다. 오프라 윈프리처럼 실패란 내가 의도한 것과 단지 다른 방향으로 잠시 갈 뿐이라고 생각할 큰 그릇은 못되던 삶이었다.

펴진 주먹을 불끈 쥐어본다. 나도 그들을 바짝 쫓아 한 발짝도 물러나지 말아야 한다. 도자기 되기를 꿈꾸는 점토와 천연의 물감이, 얼굴 맞대고 입 맞출 아가들이 아직도 나를 기다려줄까. 꿈이 꿈으로 끝날 것 같은 조바심에 나의 11월은 내안부터 먼저 바람이 일기 시작해 바깥으로 분다.

그래도 나는 꿈꾸며 살아야 한다. 꿈은 내 존재의 힘이고 실존의 의지니까. 필사의 노력으로 강과 내를 거슬러 회귀하는 연어의 본능을 좇아 나의 꿈 그 어느 언저리에도 닿을 수 있어야할 텐데. 비록 속없는 바람이 분다 해도 조율하여 남은 내 생애에 대해 사랑과 예를 다 해야 한다.

11월을 건넌다. 숫자 1과 1, 두 글자의 조합이 마치 내 유년에 건넜던 섶 다리인 듯 정겨워 바람을 가르며 숫자 속을 걷는다.

(2012. 11)

새

산과 이웃하여 사는 덕에 괘종시계가 고장 난 우리 집은 하루의 시작을 새와 함께 한다. 간밤 오래토록 책을 읽은 탓으로 늦잠을 좀 자려고 해도 그들이 재잘대는 소리에 벌떡 일어나고 만다. 하기야 이 삭막한 도회지에 새들과 함께 산다는 것은 청복이기는 하다.

오늘도 막내는 잔디에 물을 주는 나의 치맛자락을 잡고

"엄마, 새가 노래하는 거예요? 우는 거예요?"

"우리가 새랑 아주 친해지면 새의 말을 알아들을 수 있겠지. 지금은 좋은 아침이라고 인사하는 것 같은데…"

모자간에 웃으며 이야기를 나눴다.

새는 나의 오랜 지기다. 오동나무 우거진 외딴 집에 살았던 나는 눈비비면서부터 잠들 때까지 항상 그들과 같이 했다. 그 정분으로 내가 손짓만 해도 언제든 후루루 날아와 나래를 푸덕일 것만 같은 그들이다. 오래 개켜두었던 기억을 열면 어느새 송홧가루 분분 날리는 산골의 고무신 신은 꿈 많은 아이가 되곤 한다.

우리 집은 풍수지리를 고집하는 증조부의 뜻을 따라 평지 한 가운데 살던 집을 처분하고 산속 외딴 곳으로 이사 왔다. 좌청룡 우백호가 고루 발달한 더할 나위 없는 양택이라시면서 이사를 오자 새들도 함께 보금자리를 튼 모양이다.

외양간 뒤 키 큰 미루나무에서 깍깍-하고 어둠을 털어내는 까치 소리. 그제야 햇살은 느릿느릿 지느러미를 폈다. 꼭 누군가가 올 것 같고 반가운 소식을 들을 것 같아 돌담 너머 멀리 뻗친 신작로를 수시로 바라보며 하루를 보내곤 했다. 그 때부터 나는 인생이란 끝없는 기다림의 연속이라는 것을 조금 씩 배운 듯 싶다.

농부들의 착한 기도가 결실로 맺어지는 가을 들판이나 안마당에 닭 모이를 뿌려줄 때거나 멍석에 곡식을 널면 어디서 낌새를 알아챘는지 늘 나를 성가시게 했던 참새 떼. 훠이훠이 긴 장대로 쫓으면 달아났다 금방 날아오는 그들과 한참을 실랑이하면서 새를 안 쫓아도 되는 보얀 얼굴을 가진 도시의 고종 사촌이 부러워 눈물을 짜내기도 하였다

집에서 내려다보면 까마득한, 십리쯤 되는 미루나무 길을 따라 초등학교를 다녔다. 늦은 수업을 마치고 고즈넉한 산길을 타박타박 혼자 걸어오면 인기척에 놀란 꿩이 나래를 치며 날아가곤 했다. 그 새가 흘린 따스한 감촉이 남아있는 보송한 깃털이 행운을

가져올 것 같아 부적처럼 책갈피에 끼워 두고 책을 읽었다.

날렵한 몸매로 우리를 동화의 세계로 안내 했던 제비. 진달래가 핏빛으로 번져가는 밤이면 이슥하도록 숲속에서 솥 적다 울어 풍년을 예고해 주었던 길조인 소쩍새. 보리와 밀이 몇 길의 발돋움에도 닿을 수 없는 창공에 그리는 종다리의 맑은 음표. 남의 품을 빌려 자식을 낳고 길러 놓으면 시침 뚝 떼고 데려가는 비정한 뻐꾸기. 원죄는 밉지만 목청에서 나오는 아름다운 노래는 우리를 한없이 평화롭게 했다. 사람이 배워야만 할 반포지효의 도를 행하면서도 외양이 새까맣다는 선입관으로 흉조라고 치부되어 사랑을 전혀 받지 못한 까마귀. 그들은 나에게는 신통하고 유정하기 만하다.

외증조부께서는 구한 말, 창녕 고을 원으로 제수하시다 일제강점기에 이르렀다. 왜의 많은 회유와 탄압에도 굴하지 않고 벼슬길에서 물러나 독립운동을 하다 동헌에서 모진 고문을 당하셨다. 갑자기 영남루의 누각과 뜰에 까마귀가 새카맣게 내려앉아 울어대자 놀라 고문을 멈추었다는 일화도 구비로 전해 내려온다.

나는 이렇게 새들이 연주하는 교향곡 속에서 살았다. 새장 속에서 창공을 그리며 우는 쉰 목소리가 아닌 자연의 지저귐을 들으며 유년 시절을 보냈다.

모든 일은 다 인과관계가 있는 법이다. 아마도 새와 나는 전생에서부터 깊은 인연이 있었던 것이 아닐까? 그 인연 그대로 이어 내

세에는 저 푸른 하늘을 마음껏 나는 새가 되고 싶다. 튼실한 날개와 아름다운 음률을 지닌 새가 되어 늘 받기만 했던 이 세상에 노래를 뿌리고 지치면 실개울에 발을 씻고 목을 축이리라

희뿌연 안개가 상모 끈처럼 온몸을 휘감았던 작년 사월, 금정산에 올랐다. 어디선가 청아한 지저귐 소리가 규칙적으로 들리는 쪽으로 홀리듯 발을 옮겼다.

이게 웬일인가? 조그만 암자에서 녹음테이프를 틀어 놓은 게 아닌가! 된통 얻어맞은 기분이 들었다. 깊은 숲속에서 새소리마저도 기계음으로 들어야하는 현실이 서글펐다. 새가 떠난 숲은 이미 숲이 아니며 사람 역시도 살 수가 없다. 새가 날아와 스님의 독경을 들으며 먹이도 먹고 노래하는 절간이면 얼마나 좋을꼬. 묵묵히 그 많은 새들을 키우던 숲의 품이 그립다.

언젠가 어느 스님께서는 산짐승과 날짐승의 겨울나기가 걱정되어 눈 덮인 산에 자주 무를 썰어 뿌려준다고 하셨다. 나도 뒷산 잔디 위에 아이들과 같이 늘 노래를 불러주는 새들에게 우리의 먹을거리를 조금 나눠야겠다. 어쩌면 다음 세상에 내가 먹을 양식을 뿌리는 것인지도 모르겠다. (1992. 8. 청술레 1집)

청조는 넘실대고

퇴근한 남편이 봉투를 불쑥 내밀었다. 청조(부산고교) 17 기의 40 주년 동기회 초대장이었다. 올해는 특별히 동부인하여 무주 리조트에서 하룻밤을 묵으며 그간의 회포를 푼단다. 벌써 고교를 졸업한지가 그리되었나 싶어 주름살 깊게 골진 남편의 얼굴을 바라보니 갑자기 연민이 생겼다. 10 주년마다 다양한 행사가 있었지만 늘 일이 불거져 인연이 닿지 않았는데 이번에는 꼭 참석키로 작심을 했다.

1박 2일의 일탈을 꿈꾸는 며칠 동안은 새신을 사놓고 소풍날을 기다리는 아이같이 가슴이 설레었다. 남편은 보고싶은 벗들과의 해후에, 나는 남편과 동문인 친정아버지까지 그리도 긍지를 가지고 있는 출신고에 호기심과 더불어 황금 파도가 넘실대는 들판과 천연의 물감이 흘러내리는 만추 속으로 떠나고 싶었다.

하루-

드디어 토요일 오후, 집합 장소인 범일동에 나타난 그리웠던 친구들, 그네들은 오랜만에 만나 얼싸안고 얼굴을 쓰다듬으며 관광버스에 몸을 실었다. 입을 마스크처럼 귀에 걸고 익을 대로 익어 만삭이 된 자연을 바라보는 모두의 마음은 가을 들녘을 닮아갔다.

뻥 뚫린 고속도로와 창자 같은 국도를 번갈아 달리며 어둑해서야 그윽한 골짜기에 도착했다. 숲을 배경으로 뾰족한 지붕을 한, 이국냄새가 물씬 풍기는 흡사 동화나라의 성 같은 무주리조트는 언제 보아도 인상적이다. 바람에 묻어 온 삽상한 산내음과 정적에 여장을 풀어놓고 불빛이 번쩍이는 연회장에 갔다.

서울, 부산, 대구…등 전국 곳곳에서, 이민 간 친구까지 달려온 열성은 한결 분위기를 달뜨게 만들었다. 슬라이드로 저승꽃 가득 핀 노안에 함박웃음을 머금고 축사를 해주신 은사님들을 뵐 때 나의 가슴마저 뭉클했다. 스승의 가르침을 좇아 이렇게 지구의 군데군데서 뿌리내려 같이 늙어가는 제자들의 모습을 직접 보셨으면 얼마나 흐뭇해하셨을꼬.

누군가 가져 온 빛바랜 사진이 투영됐을 때는 다들 먼 기억 속의 항구도시로 시곗바늘을 돌려놓은 것 같았다. 까까머리는 억새꽃이 만발했고 멍게같이 솟던 여드름과 함께 자랐던 꿈들은 어디에서 숨을 죽이고 있는가. 살아온 날이 살 날보다 많은 초로인지라 그저 아쉽기 만한 시간인데 그 즈음에는 왜 그리 한달음에 어른이 되고 싶었던지.

몰래 본 학생 관람불가의 영화는 지금도 모공이 찌릿 일어선다. 친구의 연애편지를 대필해주다 얻어먹은 꿀맛 같은 국화빵, 매일 내 마음을 전하다보니 내가 더 좋아해버린 얼굴 해맑은 여학생. 하숙방에서 호기심으로 몰래 마신 한 모금의 담배연기도 그립다. 부모님께 영어 참고서를 구입해야 한다, 잉글리쉬 북을 산다, 문제집 산다며 무려 3번이나 책값을 타내어 용돈으로 썼던 그들. 모자 창을 휘어 삐딱하게 쓰고 늘였다 줄이기를 몇 번한 교복바지도 다시 한 번 입고 싶은 모양이다. 탱탱한 맘보바지와 온몸을 흔들던 트위스트는 어디로 갔는가. 지켜보는 부인들의 가슴에도 비릿한 해풍과 갯내음이 스치고 간다.

거침없이 흘러가고 있는 추억에서 깨어나 사회자의 안내 따라 뜨락으로 나왔다. 검푸른 하늘에 미리내는 흐르고 날줄로 내리는 어둠에 씨줄로 엮는 풀벌레 소리, 그걸 배경으로 한 캠프파이어는 그날의 백미였다. 훨훨 타는 불꽃을 축으로 하여 동심으로 돌아가 서먹한 부인들끼리도 어깨동무를 하고 빙글빙글 돌고 뛰면서 지신을 밟았다. 모두 하나가 되어 동심원을 그렸다. 불꽃이 일렁일 때마다 별똥별인 듯 쏟아지는 불티들, 환상적인 분위기에 젖으니 사무쳤던 청춘이 우르르 달려 나왔다. 그래, 인생은 육십부터다. 숫자의 놀음에 휘둘리지 않고 반기를 들어야 한다. 쉬잇! 저리 가거라. 세월아! 밤이 이슥하도록 정담을 나누다 새벽녘에야 잠자리에 들었다.

이틀-

간밤의 여독으로 졸린 눈을 비비며 아침을 드는 둥 마는 둥 하고 곤도라를 타고 설천봉에 올랐다. 눈앞에 펼쳐지는 선경, 거무죽죽한 나무 어디쯤에 저런 예쁜 물감을 머금었다 지금 확- 토해내는가. 우리의 몸도 마음도 색색의 단풍이 되고 싶어라. 불타고 있는 옆 봉우리 향적봉에 훠이훠이 올랐더니 곁의 등산객이 동기들이 쓴 까만색 모자의 로고를 보고 "부산 고교가 남녀 공학입니까?" 한다. "맞아요." 하고 파안대소를 했다.

하산하여 통구이를 안주로 오가는 술잔에 우정을 휘저어 마시고 먹다보니 시월의 한 나절이 어찌 그리 짧았던지. 그 감흥을 주체 못한 3학년 5반의 악동들(?)이 끼를 발휘하여 앞장서서 사진을 찍기 시작해 반별로 '찰깍' 추억 하나를 만들었다. 비록 모의고사에는 늘 꼴찌를 했지만 기지와 유머는 우등반이라나.

"아스라이 한 겨레가 오천 재를 밴 꿈이…." 우렁우렁 교가가 흘러나왔다. 석별의 정을 간직한 채 차마 떨어지지 않는 발걸음으로 다시 만날 날을 기약하며 무주를 떠나왔다.

이렇게 끈끈한 우의와 모교 사랑이 있는 한 부산 고교의 함대는 청조기를 펄럭이며 영원을 항해할 것임에 틀림없다. 동문 전부 막다른 골목에서도 길을 만드는 사람이 될 것이다. 동행한 부인들 모두 1박 2일 동안 동화된 가슴 깊숙한 곳에 명문고의 배지가 반짝일 것이다. 먼 훗날, 아름다운 초대를 되새김할 징표로.

(2004. 11. 1 부산 고교 회보)

말

    유세차들이 골목골목을 휘젓고 다닌다. 빠른 박자의 음악과 구호를 쿵쾅거리며 '기호 ○번 ○○○, 변함없는 사랑에 감사드립니다. 하던 일의 마무리를 위해서 한 번만 더 밀어주시면 이 나라 민주화와 경제를 위해 한 몸 바치겠습니다.' 뻥튀기의 뻥처럼 허공에 말을 풀어놓고 사라진다. 곧 이어 '많이도 속았습니다. 현명한 시민 여러분, 4년 간, 속은 것도 분한데 또 속으시렵니까? 참일꾼은 여기에 있습니다.' 고래고래 고함을 지르고 사라진다.

    말들이 날개를 달고 허공을 표류하는 이 선거의 계절, 선진국의 한 주州 보다 작은 나라에서 웬 선거는 이리 많은지. 이래저래 소시민들이 모셔야 할 상전만 늘어나는 꼴이라며 독설을 해대던 어떤 이를 떠 올린다. 그래도 그이는 관심이 있어서 하는 말이다. 일별도 않고, 투명인간이라도 된 듯, 스치는 무표정한 거리의 풍경이다. 나 역시도 남발하는 선량들의 말잔치, 공약公約이 공약空

約으로 되풀이 되는 게 학습이 되어 덤덤하게 지나치려 하는 데도 그들의 언변에 식상한다. 그렇다고 외면 할 수도 없고 편승하자니 늘 그랬듯이 기대를 한 만큼의 상처가 컸다. 그래도 한 번의 결정으로 미치는 몇 년이 잃어버린 몇 년이 될까 노파심도 생기고, 그 결과는 부메랑이 되어 우리들에게 날아오고 보면 난감하다.

시대 따라 선거 풍토도 자꾸 변한다. 금품 선거에서 좀 성숙한다 싶더니 요즘은 차분한 이성적인 선거분위기보다는 인기위주에다 감성주의가 횡행하고 있다. 소신과 정책의 대결구도보다는 휘몰이 식 바람을 이용한 씨름 한 판 같으니, 민심은 향방을 잃었다.

한 인터넷 방송에서 방송한 ㄱ 후보자의 말이 떠돌아 전국은 보수와 진보를 떠나 모두들 와글와글 도가니 속이 되고 있다. 그가 하는 막말과 퇴폐적인 비속어와 욕은 먹은 것이 역류되어 올라올 정도로 메스꺼웠다. 그들의 언어유희는 사람의 말이 아닌 패륜적인 포르노 수준이었다. 비난의 목소리가 높아지자 자신이 총선의 후보가 될 줄 몰라서 한 실수였다고 때 늦은 사과와 변명을 늘어놨다. 후보자가 아니면 그런 행위를 해도 된다는 말인지. 그걸 카타르시스인 양 즐기고 환호하는 이 땅의 생각 없는 젊은이들에게 분노를 넘어 연민까지 생겼다. 지구의 종말을 보는 것 같아 눈앞이 캄캄했다. 때를 같이하여 우리 집에도 갑작스레 쓰나미가 밀려왔다.

보름 전부터 눕거나 앉아 있어도 지하철을 탄 것 같은 증세가 나날이 계속된다. 내가 걷고 있는 이 지구가, 신은 이 신발이 우주선 속의 무중력 상태처럼 부유하는 것 같이 어지럽고 구토까지 나려 한다. 지금 어느 지점에서 착지를 하고 있는지 가늠이 안 된다. 어릴 때는 미지에 대한 동경으로 버스를 타면 세상 끝까지 가고 싶어 내리기가 싫었다. 지금은 종착역이 어딘지 모르는 차를 탄 양 머리가 어지럽고 다리가 후들거린다.

여느 때의 아침과 마찬가지로 가벼운 스트레칭을 하던 남편이 갑자기 오른쪽에 힘이 빠지며 비틀거렸다. 말까지 어둔하여 급히 긴급전화 119로 연락하여 병원의 응급실로 향했다. 주어진 3시간은 천국과 지옥이 선택되는 경계였다. 그 시간을 지체하면 언어도 육신도 옴짝할 수 없이 혈류의 마법에 걸려 평생을 불구로 지내야 한다. 혹여 뇌졸중으로 수십 년 간 반신을 불편하게 사시는 내 아버지처럼…. 강박증이 더 나를 괴롭혔다.

항상 우리의 고통을 대수롭잖게 여기는 듯해 서운하던 응급실에서도 그날은 일사불란하게 움직이며 뛰어다녔다. 절로 위기감이 피부로 느껴졌다. 겨우 처치를 마치고 일반 병실로 옮겨 한숨을 돌리려던 찰나 남편의 상태가 갑자기 돌변하여 가슴이 철렁 내려앉았다. 보호자 란에다 서명을 하고 몇 시간의 시술 결과를 기다리는 것은 차라리 형벌이었다. 남편이 영영 말을 잃고 세상과 교통을 못한다는 상상만으로도 세상이 온통 양 어깨에 내려앉는 것 같았다.

말은 의사소통의 도구임과 동시에 교육이나 환경에 의해 변하고 발달하는 또 다른 인격의 표시다. 하는 말이 차가운 머리에서부터 출발하여 가슴을 한 바퀴 돈 후에 입 밖으로 나와 세상과 교류하면 말다운 말, 참말이 될 것이다.

진정성이 깃든 한 마디의 말은 시공을 뛰어 넘는 생명력으로 금세기까지도 회자되고 있는 것만 봐도 말의 진지함은 세계를 들어 올리고도 남을 것이다. 양면성을 가진 말은 삼가라는 뜻으로, 인간은 태어날 때 혀라는 도끼 한 자루를 지니고 태어난다고 말하기도 한다. 말 한 마디로 천 냥의 빚을 갚던 도끼를 들던 다 나의 자업자득이다. 가시나무새는 처음이자 마지막으로 가장 아름다운 노래를 읊조리고 죽음을 맞는단다. 그처럼 오늘 단 한 마디 말이라도 할 수만 있다면 내일이 세상의 마지막이라도 선택하겠다는 소망이 어느 말을 잃은 사람의 마지막 바람이라면 그들은 무슨 말로 이 사태를 수습 할 것인가. 망언이 망국으로 가는 지름길이 아니기를 바라고 싶다.

나를 되짚어 본다. 말을 단순히 존재함으로써 주어지는 당연한 도구나 기능 정도일 뿐이라 생각했다. 때로는 뼈를 세우기도 하고 생각 없이 뱉기도 하여 말에게 많이 미안하다. 그래도 묵묵히 내 안에서 살고 자라 나를 있게 하고 일으켜 세우는 고마운 말이다. 입이 탔다. 잃고 놓칠 지경에 이르러야 비로소 알고 보이는 미련함으로 가족의 건강에 소홀했던 나를 자책했다. 가장 낮은 곳에 머리 숙여 절절한 마음으로 두 손을 가슴에 모았다.

 중환자실에 머문 7일 후, 천운으로 남편은 그 귀하디 귀한 말을 어둠 속에서 꼭 품고 왔다. 조금은 거칠고 갈라지는 쇳소리를 내고 덜 분명할 지라도 그게 대순가.

 거실에서 책을 소리 내어 읽고, 가끔씩 노래를 흥얼거리는 남편의 목소리가 아직은 어둔하다. 그러나 어느 날 반드시 예전처럼 낭랑한 소리를 되찾아 내 앞에 설 것임을 믿는다.　(2012. 4)

속수무책으로

이사 온 우리 집은 앞태보다는 뒤태가 더 좋다. 아니 반한다. 앞쪽은 깎아지른 아파트와 자연을 본뜬 인공 정원이 펼쳐져 있지만 뒷베란다를 통해서 본 풍경은 정 반대다. 낮에는 쇠미산의 율동과 더불어 향기가 건너오고, 밤에는 꽃소금처럼 뿌려논 듯 별가루가 아름답다. 도회에 이런 삽상한 공기와 경치를 끼고 살게 된 것은 대복이다. 술을 못 마시는 나도 오우五友를 청하여 주거니 받거니 잔을 기울이고 싶다. 언제 집 정리가 끝나면 짬 내어 산에 올라 교분을 나눠야지 하고 마음을 먹는다.

저녁형인 사람들이 빨리 일어난다는 것은 언제나 무리가 따른다. 몸을 뒤척이다가 간밤에 내린 비로 목욕을 한 숲의 산뜻한 모습과 체취가 그리워 낙지발처럼 달라붙는 이부자리를 떠밀고 주방으로 나온다.

와― 내안에서 탄성이 흐른다. 능선을 날아다니는 안개가 《몽유

도원도》 한 폭을 무리 없이 그리며 손사래를 한다.

얼른 초입에 있는 조그만 암자를 향해 강파른 길을 오른다. 순진한 숲은 십 여 분만 거리를 좁혀도 의심 없이 속살을 내 놓는다. 콘크리트만 밟던 발에 폭신한 산흙을 밟으니 솜 위를 걷는 듯해 발이 호사를 한다. 숨이 가쁠 때마다 내가 온 길을 뒤돌아보니 흐뭇하다. 아니 내가 분리되어 버린 것 같다. 그냥 산에만 온 게 아니고 속진이 더덕더덕 묻은 나를 뚝 떼어 놓고 내 영혼 속에 가장 맑은 부분만 가지고 산에 올라온 셈이다. 행여 발을 디디면 풀들이 상처 날까 길이 난 곳을 조신하게 걷는 데도 기분은 상승한다. 저만치 회색빛깔의 아우성 속에 두고 온 또 다른 내가 보인다.

더러 나의 반경이 상대적으로 빈곤하고 남루해 보일 때가 있었다. 그럴 때 이 숲과 저기 파랗게 보이는 하늘이 아무도 빼앗을 수 없는 영원한 나의 것이란 생각을 왜 하지 않았을까. 내 나이 그 때는 왜 그것을 몰랐을까. 무릇 옥석은 늘 눈앞의 허상에 가려 보이지 않는 것인가 보다. 이런 생각도 내 방식의 옹졸한 오류라는 생각이 들어 멈칫해진다.

회심곡에 사람 한 평생, 잠잔 날과 아픈 날 다 빼고 나면 그 몇 해가 산 날인고 하더니, 오늘은 분명 회한 없이 산 날이야. 독백을 하며 서 있는 나무와 포옹하려고 팔을 뻗다 만다.

아뿔싸! 그들은 터실한 가슴팍에 하얀 이름표를 달고 있다. 재선충에 감염되었다는 《주홍글씨》다. 소나무 에이즈에 걸려 병마와 치열한 싸움을 하고 있는 중이다. 이런 고통 속에서도 담쟁이와 칡넝쿨을 끌어안고, 막무가내로 덮치는 홍수를 빗질하며 바람과 새를 키우는 어진 나무들. 숲은 생명을 살리고 보듬는 지킴이, 자신보다 더 자식을 사랑하는 바로 어머니의 자궁 속이구나.

이기적인 우리한테 조건 없이 베풀기만 하는 나무들이 가엾고 측은해서 코끝이 찡하다. 숲과 나의 인연은 여기까진가. 애틋한 마음을 접은 채, 그저 대책 없이 바라만 보아야 하는 내가 무능하다.

나이가 들어서인지 주변의 인맥들이 자꾸 당기는 옷자락을 뿌리치고 위치이동을 한다. 한 세상 지중한 인연으로 만나 더러는 위안이 되고 동지가 되어 인생의 희로애락을 공유하였는데, 그만 불치의 병이 침범하여 허적이는 친구가 애처롭다. 부모 노릇 잘 해본다고 허리띠 졸라매며 자식들 공부시키고, 취업 전쟁에 겨우 승전고를 울린다 싶어 한숨 돌리니 불쑥 나타난 복병이다. 큰 욕심을 부리지 않고 노년에 그저 조그만 텃밭 한 뙈기 가꿔 우리들에게 초록 삶을 나누며 살리라던 그 소박한 꿈마저 이룰 시간도 주지 않는 운명이 너무 야속해 굼뜬 나도 발을 동동 굴린다.

며칠 전에 친구를 만났다. 고통 속에서도 조금씩 마음을 비워 가는 그의 모습은 흡사 새 하얀 백지장이었다. 통통하던 뺨과 몸집이 자꾸 얇아가고 탐스럽던 머리카락은 다 빠졌다. 눈빛을 맞추면 눈물샘인 내 별명이 이름값을 할 것 같아 시선을 허공으로 두며 민망한 순간을 모면했다.

죽음은 생명 있는 모두에게 지극히 평등하게 주어진다. 일각에서는 죽음을 삶의 연장이나 축제의 장으로 하자는 운동까지도 일고 육신은 떠나도 영혼은 우리의 마음속에 살아있어 유무간有無間의 존재라고도 한다. 그러나 앞선 대열에 끼지 못한 내 성격 탓인지, 만질 수 있고 눈에 보이고 냄새를 맡을 수 있어야 살아 있음이지 죽음은 영원한 사라짐, 무無이고 슬픔이다.

미국의 위더 헤드는 일생을 하루에 대입시켜 계산했다. 십오 세는 10 시 45 분, 사십 세는 16 시 8 분, 오십 세는 18 시 25 분…으로. 나의 하루는 어땠는가. 무심하게 보낸 하루가 조각낸 일생이라 생각하니 갑자기 시간이 너무 아쉽다.

우리는 세속의 욕구를 거의 돈이란 존재로 해결하려 한다. 그러나 아무리 돈을 지불해도 절대로 살 수 없는 단위인 시간. 칩거해 있는 친구와 그 딸린 가족은 시간을 아주 미세한 단위, 나노까지 동원해 세상 끝자락을 부여잡고 있는 것은 아닐까. 그에게 내가 할 수 있는 일은 무엇인가.

내 오지랖이 늘 분주하고 부박해서인지 남을 위해 기도할 여유도 없이 오늘까지 살아왔다. 요사이는 만사를 재껴 놓고 친구와 말 없는 나무들 모두 기적같이 부활하여 우리 곁에 오래 머물러 주기를 간구할 뿐. 속수무책이다.　(2007. 8)

소금내음과 함께 불어오는 싱그러운 바닷바람처럼   103

선들선들 불어오는 초가을의 **더 넘바람**처럼

혼테크 | 그대 있음에 | 동행 할까요 | 돌을 캐는 아이들 | 지국총 지국총 어사와 |
배를 깎으며 | 몽돌 | 아! 금은화 당신 | 천사의 나팔 | 가방을 들고

산다는건 다 그리 목이 메는거야. 바다가 들끓지 않고는 하늘로 해를 밀어 올
릴 수 없고, 꽃샘추위를 모질게 겪어내야 봄꽃은 피는거야. - 그대 있음에 중
에서

혼 테크

요즘 장안의 화두는 온통 재테크인지라 누구든 그 대열에 끼지 못하면 위화감과 소외감까지 생길 정도가 됐다. IMF의 후유증으로 겪고 있는 긴 불황의 터널에다 세계적인 금융대란으로 많은 이들이 일자리를 잃어 거리로 내몰리니까 혼란이 일어난 것일까. 몇 년 새 자산이 졸지에 반 토막 나고 한 치 앞을 내다 볼 수 없는 불안한 경제로 서로 간에 불신의 골은 깊어지고 배금사상은 하늘을 찌른다.

저 출산인구에다 의학의 발달로 평균수명이 늘어나자 노후복지가 국가차원에서 이뤄지는 부국富國과 달리 개인의 과제이고 보니 나 역시 재화의 필요성을 뼈저리게 느끼고 있는 즈음이다. 너나없이 불확실한 미래에 살아남기 위한 재산증식의 방법으로 주식이나 펀드, 부동산, 보석, 미술품, 골동품 투자에다 혼 테크까지 시도한단다.

혼 테크? 영어가 경쟁력이란 기치 아래 홍수처럼 쏟아지는 외래어 앞에 처음에는 무슨 신조어인지 몰라 어리둥절했다. 알고 보니 젊은이들이 능력과 재력을 겸비한 배우자나 집안과 인연을 엮어 일생을 편안하고 안락하게 살고자 하는 하나의 경제수단이란다. 역경을 이겨내고 도전하고 일구어내며 살기에는 이미 기득권의 벽이 너무 두껍고 아득한 세상이니 누군가를 짚고 일어나 기대면서 한 세상 여유롭게 살자는 '신세대의 사는 법'이란다. 이미 젊음의 패기나 야망은 공허한 언어일 뿐이라니 가슴이 먹먹했다. 특히 나같이 수리가 느린 두뇌로는.

전후 세대들은 지독한 가난에서 어서 벗어나고자 앞만 보고 달려 왔다. 입 하나가 무서워 '둘만 낳아 잘 기르자. 둘도 많다.' 며 자식 덜 낳기에다 새마을 운동을 하며 허리띠를 졸라맸다. 물질의 충족으로 생활의 질이 높아지면 정신도 행보를 같이 하겠거니 믿었는데 군데군데 문제점이 팝콘처럼 툭툭 튀어나왔으니. 집집마다 자식이래야 하나 아니면 둘이니 끝없는 익애에다 이기심이 당연한 양 자녀들을 키웠다. 그렇게 살다보니 미구의 세계에 대한 두려움을 가진 신세대들의 치기어린 사고와 산다는 게 만만치 않다는 것을 학습한 부모들의 의도까지 어우러져 더 혼 테크에 가속이 붙었는지도 모른다. 엄밀한 혼돈이고 시대가 낳은 영혼의 실종은 아닐까.

결혼에 대해 수 없이 많은 사람들과 철학자들은 설파했다. 니체의 비관론적인 결혼관과 해도 후회 안 해도 후회한다면 하는 게 더 났다, 하루가 즐거우면 이발을 하고 한 달이 즐거우려면 결혼을 하라는 둥, 모두 자기대로의 잣대 하나쯤은 갖고 있다. 그러나 부모 된 입장에서는 그저 수수한 삶, 알콩달콩 서로 사랑을 더 주려고 애쓰며 살아가는 모습이 보고 싶다. 그런 게 섭리 면에서도 뭇 생명 중에서도 축복 받은 사람으로 태어난 의무고 자식으로서 마쳐야 할 숙제다.

 그런 모습을 보자 하니 서로 눈빛 맞아 상대를 골라 오면 그런 경사와 효가 없는데 그러지 못할 경우 중매라는 우리나라 특유의 전래를 이용하자니 불협화음이 난다. 옛날 우리의 조상처럼 가문의 격을 따지면 차라리 꼿꼿한 선비 문화의 전통이거니 하고 이해는 하겠지만 시중에 난무하는 결혼 풍속화는 그야말로 영악한 산술이고 금권의 춤이다. 당사자들의 애정이 주가 되기보다는 양가의 합당한 조건을 맞추고 무게를 달아 팽팽한 눈금이 되었을 때, 성혼이 된단다. 물론 선택을 좌지우지하는 것은 부富란다.

 인간의 영육이 어디 금으로 계산될 성질의 것인가. 그런 셈이 실제와 오차가 나거나 사소한 문제로 대립각이 서면 문제 해결을 위해 노력하고 인내하기 보다는 쉬 돌이킬 수 없는 파경에 접어든다니. 이런 이유 같지 않은 게 이유가 되어 부끄럽게도 이혼율이 OECD 국가 중 가장 높은 수치를 올리나 보다.

 결혼이란 가치관이 비슷한 두 사람이 그 어떤 상황이나 삶이 젊은 그대들을 속일지라도 맨 처음처럼 변함없이 사랑할 수 있는 사람과 이루어지면 더 없이 행복할 것이다. 서로 상대의 인격을 존중하고 모자라는 부분을 껴안아 포용하여 하나가 되어야지 와전되어 상품이 되어서는 안 된다. 청춘 남녀의 결합이 숫자의 장난으로 되는 작금의 세태를 보면 상실감으로 살맛이 없다. .

《오래된 미래》 속의 라다크인들은 결혼의 제 1 순위로 '성품과 내면이 얼마나 아름답고 공정하고 넓은가.' 란다. 모두 육신의 눈이 아닌 마음의 눈으로 보아야 비로소 보이는 조건이다. 갑자기 참사람들을 보는 것 같아 그들에 대한 존경심이 우러난다.

내면이 아름다운 상대를 선별하는 것은 먼저 자신의 속내가 깊어야 보인다. 어찌 미망에 갇혀 있는 시력으로 옳은 이를 건지기가 가능할까. 더구나 선이라는 어색한 자리에서 한 번의 일별로 찾아낼 성질의 것은 더더욱 아니다. 대다수가 눈에 보이는 모습이 전부인줄 착각하고 있으니 외모 지상주의까지 돌풍을 일으키고 있다. 그런 게 다 젊은 시야의 한계다. 내 또래의 사람들은 다들 이만큼 나잇살을 먹어서 인지 그저 사람맛과 향기가 나고 편안한 사람이 최고라는 걸 안다.

우리 집에도 혼기가 꽉 찬 미혼의 딸과 아들이 멍에가 되어 나를 옥죄는 통에 자주 불면의 밤을 보낸다. 하루 빨리 이 상태에서 벗어나 가벼워지고 싶은데 여의치가 않다. 이상이 높은지 재주가 없는지 아니 그보다 내면이 얕고 넓지 않아 매력이 바닥이거나 배우자를 찾을 안목이 없다고 생각해 본다. 아니 이 모두가 내 부덕의 소치일 것이다.

 내가 살아 온 길을 생각해 본다. 한 마디로 내게 주어진 배역은 녹록치 않았다. 되돌아가라면 외면할 길이지만 살만한 값어치는 충분히 있다는 생각이 든다. 한 번 뿐인 삶, 혼자 보다는 둘이서 서로 기대고 다독이며 별과 꽃 그리고 글을 연모하며 살아갈 수 있어 다행이다 싶다. 올해는 하늘에서 점지해준 자식들의 반쪽이 어디에 숨어 있는지 심지를 올리고 한낮에도 등불을 높이 들참이다.

(2010.3 수필문학21)

그대 있음에

아마 지금쯤 아이들을 실은 기차는 낙동강을 지나 대구쯤에 갔을 것이다. 며칠 간 비켜났던 정신이 제자리를 찾자 정적이 켜켜이 쌓인다. 애써 무게감을 지우려고 방방마다 문을 열었더니 방이 난장판이다. 나의 일손을 들어 준다고 모서리는 개의치 않고 그냥 둘둘 멍석인 듯 말아 놓은 이불, 여기 저기 던져진 양말짝과 허물처럼 벗어 놓은 옷가지들. 나이만 먹고 덩치만 컸지 어릴 때와 별반 달라진 게 없는 것 같아 피식 웃음이 돈다.

주섬주섬 이불을 끌어모아 실밥을 따고 홑청을 뜯어 세탁기에 넣는다. 기계는 내손을 대신하여 한참이고 땟국과 더불어 마음의 더러움을 비비고 두들기며 털어내 빨래를 할 것이다.

쏴쏴 돌아가는 기계음 틈새로 유년에 듣던 다듬이질 소리가 들린다. 말린 홑청을 이슬 밭에 널었다 다림질을 하며 쏟아냈던 웃음소리도 그립다. 이제 세탁된 이불은 나와 손잡고 모딜리아니의 여인상처럼 길게 목을 빼고 다음 명절에 만날 아이들을 기다릴 것이다.

 일 년에 설과 추석 두 번 경부선을 타고 잠시 왔다 마른 내 가슴에 불만 지펴놓고 떠나가는 자식들이다. 부산 집에 있는 시간만이라도 일어 날 걱정 없이 잠이나 푹 자고 싶은 게 소원이라고 하니 이부자리에 정성을 쏟을 수밖에 없다. 행여 어수선하고 시끄러울까 발뒤꿈치를 들어 걷기도 하고 은은한 향기를 맡으며 숙면을 취하라고 딸애 방에는 꽃도 몇 송이 꽂아뒀다. 늘 나에게 꿈만큼 짐이 되는 애들도 자주 안보니 조심스러운 손님의 위치에 있다.

 이불은 도시의 팍팍한 젊은 삶에 시달린 아이들을 휴식으로 데리고 가는 거간꾼 이거나 꿈나라를 나는 양탄자가 된다. 다들 보드라운 솜의 감촉에다 건드리기만 해도 바삭거리며 금세 제 몸을 낮추는 이불과 함께 잠자는 시간만이라도 경쟁이나 야망, 애증도 놓고 무욕과 무심의 상태, 공空의 세계에 돌아가 푹 휴면을 취하면 좋겠다.

 이불은 용도에 따라 종류도 많다. 하늘까지 얼어붙은 한겨울, 생활의 추위까지 포개진 언 몸을 녹여주던 솜이불, 오동잎 떨어지고 풀벌레 소리 구성진 삽상한 가을 날 추연한 달빛과 더불어 찾아 온 차렵이불, 성글게 짜여 바람을 일으키며 더위를 식혀주던 삼베 홑이불. 외침이 잦았던 반도의 백성들이 유사시에 군복으로 활용할 참으로 붉은 바탕에 푸른 깃을 덧대 지어졌던 전래이불.

아기를 업을 때 사용했던 포대기, 생의 마지막에 덮여지는 흙까지도…. 이불은 다양한 이름으로 우리네 삶 속으로 들어와 동행하고 있다.

보온밥통이 없었을 때는 밥그릇을 품기도 하고 식혜나 동동주를 만들 때 아랫목에서 알을 품은 어미 닭인 듯 술내와 단내를 싫다 않고 끌어안아 발효를 시켰던 이불. 동생들과 서로 아랫목 차지를 하겠다고 광목 깃을 밀고 당기며 우애를 다졌던 유년도 이불이 있어 가능했다.

한 이불을 덮고 잔다는 것은 체온을 나누고 고단한 인생살이를 더불어 한다는 엄숙한 의미가 들어있다. 이불이 혼수품 1위가 되는 이유는 남남인 신랑신부가 서로 따뜻한 상대가 되어 오순도순한 백년을 해로하라고 한 땀 한 땀 정성으로 마련되었을는지도 모른다. 그런 바람이 깃들어 있어 이불은 금슬이라는 이름으로도 대입되는 것은 아닐까. 어쨌든 이불은 큰 둥지를 허물어뜨릴 수 있는 소중한 작은 둥지임에는 틀림없다.

어릴 적, 나만 남고 우리 가족이 서울로 이사를 갔을 때와 낯선 시골 학교로 부임 받았을 때 이불이 가족인 듯 집인 듯 외로움을 삭혔다. 어른이 된 지금도 삶의 허기가 깊어지거나 서러우면 그 포근한 품을 찾아 눈물 많은 나는 이불 속에 깊이 파고든다. 베갯잇이 젖도록 한참을 울다가 누군가 가만히 나를 안아주는 부드러운 손길을 느낀다. 아니 이불의 마음을 읽는다. '산다는 것은 다 그렇게 목이 메는 거야. 바다가 들끓지 않고는 하늘로 해를 밀어올릴 수 없고 꽃샘추위를 모질게 겪어내야 봄꽃은 피는 거야.'라는 듯. 그 위로에 균열된 내안 구석구석을 봉합해 내 자신과 악수를 하고 '희망'과 '내일'이라는 두 단어를 물질하여 나를 추스른다.

세상에는 빛과 어둠이 공존하듯이 보이지 않는 사각지대 곳곳에는 늘 배반의 나무가 가지를 드리우며 자라는 모양이다. 언젠가 바람이 살랑하여 옷깃을 여미고 바삐 지하도를 지날 때였다. 노숙자 둘이서 골판지를 깔아 땟국에 절은 이불을 목까지 둘러쓰고 잠을 자는 모습이 보였다. 생의 미로 어디쯤을 방랑하다 가족 대신 더러운 이불을 의지 삼아 저런 칼잠을 자는지. 수도자만 고행을 하는 게 아니 듯 싶었다. 사바세계에서 주어진 길을 힘들게 살아야 하는 것도 나름대로의 수행이라면 내가 너무 편파적인 범인의 편에 선 것인가. 그 사람들이 하루 빨리 그런 이불을 박차고 일어나 세상 속으로 위치이동 하기를 바라며 목이 잠겨 몇 번을 뒤돌아보았다.

이처럼 이불은 요람에서 세상의 갈무리까지, 하루를 접을 때나 인생살이에 지쳐 사람냄새가 그립거나 육체나 영혼이 상처받아 아플 때 찾는 구원의 존재인지도 모른다. 들숨 날숨 쉴 때마다 섬세하게 조율하고 구겨지고 차이고 눌려도 기꺼이 변신하여 원하는 그 어떤 몸바꿈으로 든 우리를 포옹하는 존재. 효용가치가 떨어지면 폐기물의 한 모퉁이에 내팽개쳐지는, 그래도 제 처지를 원망 않는 실체다.

만약 만나고 헤어지는 사람 한 살이의 관계가 서로에게 한 자락의 이불처럼 될 수만 있다면 법이나 종교가 설 자리가 없을 것이다. 천국의 수저는 자루가 길어 서로서로 밥을 떠먹여 준다던가.

늘 갈증으로 전전긍긍하다가도 새해가 되면 가당찮은 생각을 향해 행보를 한다. 무례하게도 '올해는 이불을 쫓는 삶, 덮고 품고 껴안는 삶을 살고 싶다' 라며 지키지 못할 다짐을 하면서 한 해를 맞고 또 그렇게 보낸 게 수 년째라 이불한테 많이 미안하다.

하루를 사느라 파김치가 된 몸을 뉘일 양으로 잠자리에 드니 햇볕과 바람을 머금어 부풀어진 이불에 숲 냄새가 난다. 그 자락에 나를 통째로 맡겨본다.　　(2010. 문예시대)

동행 할까요

 언제부터인가 전철역에 베토벤이나 모짜르트, 바하, 슈베르트등의 고전음악이 선로에 넘쳐 나오더니, 더하여 아름다운 시화까지 걸렸습니다. 차가 오지 않는 무료한 잠깐의 시간, 몇 며칠이고 내리는 장맛비로 눅눅한 마음이 선율에 휩싸여 호사를 하니 하루가 신바람이 났답니다. 무서운 기계음을 내며 달리는 전철이 발을 대신하여 고맙기도 하지만, 만사가 그렇듯이 그에 버금가는 반대급부도 있더군요. 더러 일어난 대형화재와 스스로 생을 마감하는 사람들…. 이제 이 삭막하고 음산한 곳에 문화가 들어앉으니 갑자기 어둔 공간에 반짝하고 전구 하나가 켜지는 것 같았습니다. 더구나 며칠 전, 우기에도 불구하고 액자에 박혀 있는 맑은 시구가 눈에 띄었습니다.

수선화에게

정호승

울지마라

외로우니까 사람이다.

공연히 오지 않는 전화를 기다리지 마라.

눈이 오면 눈길을 걸어가고

비가 오면 빗길을 걸어가라.

가끔은 하느님도 외로워서 눈물을 흘리신다.

… …

산 그림자도 외로워서 하루에 한 번씩 마을로 내려온다.

종소리도 외로워서 멀리 울려퍼진다.

 무심한 '산 그림자도 외로움을 견디다 못해 하루에 한 번씩 마을로 내려온다.'는 시인의 눈. 좋아 몇 번이고 읽다보니 어릴 적, 습습한 대기를 말리기 위해 가마솥에 콩과 쌀을 볶고 부침개를 하여 가실하게 기온을 다스리던 우리 전통의 살림 지혜가 연상되었습니다. 차가 오지 않는 수 분 간 몇 번이고 읽으니 축 쳐졌던 마음이 가뿐하게 르네 마그리트의 그림이 되어 어떤 가상의 세계로 둥둥 떠다녔으니까요. 건망증이 심한 나한테 갑자기 한 사람이 마음을 두드렸어요.

 모딜리아니, 당신과의 일별은 수 십 년 전, 내 인생에 그런 시린 세월도 있었나 싶은 20대 중반, 읍 단위의 학교에 교편을 잡고 있었을 때였습니다. 미술 선생님의 하숙집 낡은 벽지 위에 걸려 있는 당신이 그린 인물화를 처음 대했을 때, 파르르 오는 전율, 어쩌면 우리의 인연은 우연이 아닌 준비된 것인지도 모릅니다. 아주 독특한 당김과 울림으로 나에게 화살처럼 왔으니까요.

 선생은 그 시절의 우리에게는 쉽지 않은 사랑을 하고 있었습니다. 한참 연하의 남자를 연모하여 가족과 팽팽한 줄다리기를 하고 있었지요. 만날 때마다 조금씩 키가 크는 그와 만나면 헤어질 것을 염려하고 헤어지면 고문처럼 외로움과 그리움을 견디던 선생님. 위로하러 쪽방에 들러 실없는 웃음을 풀어놓고 달빛을 헤치며 풀섶을 걸어오곤 했답니다. 그럴 때 쟌느 에뷔테른은 가늘고 긴 목에다 휘어진 콧날과 긴 얼굴, 파여진 어깨, 단순하면서도 독특한 화풍의 그림 속에서 무언가 이야기를 잔뜩 담아 말걸기를 하고 있었어요. 당신이 그녀의 영혼을 다 알게 될 때 그려 넣겠다며 동공을 비워둔 쟌느의 초상화는 우리에게 화두를 툭 던지는 것 같더군요.

 이태리 태생으로 163센티미터의 작은 키였지만 짙은 눈매와 눈썹, 우뚝 솟은 콧날이 완벽한 조화를 이룬 외모의 소유자였다지요. 당신의 그림 속에서 왠지 모를 우수나 쓸쓸함이 금방 달려드는 것은 내 가슴 어딘가에 낯설지 않는 어떤 요인이 잠재해 있다는 증거일까요. 그림에는 벽창호인 나한테 익숙한 느낌이 있다는

것은 몇 겁의 어느 한 생에 삼씨만한 아주 작은 인연이라도 준비
던 것은 아닌가요.

사실 한 점의 그림이 우리에게 오기까지 범인들이 어찌 작가의
처절한 창작의 고통을 짐작하겠습니까. 끝없는 자기와의 싸움에
혼자 감내해야 하는 무서운 고독, 잦은 질병과 가난에다 표현하
고 싶은 욕구와의 조화가 고통 자체였겠지요. 생활 전반부에 엇
박자가 나자 당신은 더 방황하였습니다. 그리고는 니체의 사상에
심취하여 '진정한 창의성에 이르는 길은 도전과 무질서에 있다.'
며 마약 헤시시에다 여성편력까지 행하며 점점 자신을 나락으로
빠뜨렸습니다.

그때 만난 화가 지망생인 쟌느 에뷔테른은 그야말로 당신의 인
생에 큰 선물이었습니다. 그녀를 모델로 하며 많은 그림을 그리
며 예쁜 딸 하나와 3년을 영원에 삽입시켜 살았던가요. 청아한 쟌
느의 영혼 앞에 방황의 닻을 내리고 '저승에서도 모델이 되어 달
라.'는 이기적인 당부까지도 서슴치 않고 서로의 초상화를 그리며
창작에 몰입하였습니까.

사진 속의 쟌느는 그림과는 판이한, 안면의 비례가 완벽했고, 탐
스럽고 반짝이는 머리카락에 목이 긴 미모의 여인이었어요. 목이
란 두뇌와 몸체를, 이성과 감성을, 형이상학과 형이하학을 이어
주는 통로입니다. 목이 긴 여인이라면 어쩐지 고귀한 품성에다
미래를 기다리는 꿈꾸는 여인, 애수의 여인은 아닌지요. 시인 노

천명은 '모가지가 길어서 슬픈 짐승이여, 아마도 관이 높은 너는 높은 족속이었나 보다.' 라고 사슴을 빗대어 자신을 노래했고 긴 목의 학도 상스러운 동물로 우리의 사랑을 받지 않습니까.

앗 참, 또 한 여인, 당신을 불러오게 한 이 지하철이 최초로 운행 되었던 34년 전, 광복절 기념식을 마치고 지하철 개통식을 하려다가 총탄으로 역사 속에 산화된 비운의 영부인이 투영되는 군요. 그 분도 쟌느처럼 목이 가늘고 길었음을 문득 떠올립니다. 목이 긴 여인의 손길이 남편의 긴 독재에 성난 민중을, 한 시대를 잠재우기도 했다고나 할까요.

그런데 모딜리아니, 어찌하여 쟌느는 당신의 공허한 말 한마디를 좇아 9개월 된 태아를 잉태한 몸으로 당신 간 3일 후 푸른 하늘 속으로 투신까지 저지르는 지독한 사랑을 했나요. 행여 당신은 희랍신화 속의 아케론(비통의 강)과 코퀴토스(시름의 강)와 플레게톤(불의 강) 세 강과 레테의 강(망각의 강)을 혼자 건너야 하는 두려움이거나, 아니면 욕심 많은 당신, 이승의 삶을 까맣게 잊기에는 차마 영혼의 발길이 떨어지지 않았나요. 낙원 엘레시온 들녘에서 이승에 못 갚은 빚을 갚으며 영생을 살려고 그녀를 충동했나요. 아니면 당신의 편집적인 사랑과 자유로운 영혼에 눈먼 그녀가 스스로 연모한 길인가요. 소설보다 더 잔인한 사실에 기상 이변으로 30도를 거뜬히 넘기는 성하에도 소름이 솟고 분노가 끓습니다. 또 한편 가슴을 열면 그렇지요. 평범한 이들이 반 고흐의 기괴한 행위와 슈만이나 고갱의 열정을 어이 이해하겠습니까.
 그 답을 찾다가 오늘 정호승의 시 한 편을 읽으니 가벼운 신음소리가 해답이 되어 내안에서 흘러나왔습니다. '그래 공유하고 싶은 긴 외로움 때문인 듯…' 하고요. 처절한 고독을 승화하여 오도를 깨친 성인도 있지만 거개가 사람으로 태어난 자체가 외로움일 테지요. 그 외로움을 함께 뛰어 넘을 오직 한 사람을 동행하고 싶은 손사래는 아닌가요. 그러고 보니 다들 더위를 피해 떠난 텅 빈 도시에서 다시 손에 잡은 희랍 신화 속의 이야기처럼 쟌느는 신이 질투 낼 만큼 완벽한 당신의 반쪽인가 봅니다. 아무튼 훗날, 당신의 혼이 깃든 진품을 만날 기회를 갖기까지 《큰 모자를 쓴 에뷔페른》의 그림이 찍힌 항아리 쌀통을 여닫으며 당신과 이 여름 눈빛을 나눌 것입니다. (2009. 수필문학21)

*르네 마그리트; 1898-1967 벨기에의 초현실주의 화가로 대표작은
《피레네의 성》, 《여름의 계단》, 《이것은 파이프가 아니다》 등이 있다.

돌을 깨는 아이들

한때 불심이 돈독한 지인을 좇아 명산 기도처를 다녔다. 지금도 그렇지만 그 때 역시도 기복 너머 어떤 세계는 무명 속에 있었다. 그러나 여러 가람을 들리다 보면 퍼뜩 스치는 무념의 짧은 순간이 좋아 흔쾌히 따라 나섰다.

버스에 흔들리며 도착한 경북 경산의 팔공산. 갓바위 부처님을 향한 행렬은 그야말로 인산인해였다. 시절이 뒤숭숭하다보니 불안한 심사를 절대적인 힘에 의지 하고픈 염원으로 찾아든 발길인가 인파는 상상을 초월하였다.

좁고 가파른 길을 마주 오는 사람들과 툭툭 부딪치며 휘이휘이 오른 산마루에 아- 푸른 하늘을 이고 있는 부처님의 모습이 눈에 들어왔다. 신도들은 그야말로 야단법석이었다. 제단에 향을 꽂느라 몸싸움도 하고, 부처님 앉으신 바위에 동전을 붙여 놓기도 하고 바위의 작은 틈새마다 촛불까지 밝혀놓고 간절한 희원을 하고 있었다. '얼마나 답답했으면' 하고 고달픈 살림살이의 애환이 가슴에 전이되었다.

무리들이 풀어 놓은 많은 기원이 끊어지지 않는 꼬빡연이 되어 허공에 너울대는 듯 했다. 그래도 부처님은 '그래그래' 하시며 지그시 눈 감으시고 사바대중을 굽어 살피고 계셨다.

종교는 과학이나 예리한 이성 또는 논리로는 설할 수 없는 신비다. 종교를 마음의 기주로 삼아 살아가는 일은 신앙이 없는 이 보다는 한결 자신을 다스리는데 도움도 되고 인간이 무한한 가능의 존재라는 것을 믿게 될 것이다.

우리가 살아가면서 내 마음 한자리도 못 앉히는데 누군가의 의논의 대상이 되면 결국은 큰 짐이 되기도 한다. 부처님이라 할지라도 수많은 인간의 번뇌를 다 감내하고 일일이 귀 기울여 다독이며 스스로 답을 건져가게 하자면 어깨가 얼마나 무거우실까. 그 분이 살고 그분의 형상이 된 돌.

돌은 찰나를 사는 사람들에게는 영겁의 역사다. 몸을 마찰하여 불을 만들어 인간에게 선사하고 석기시대에는 호신용은 물론이고 먹이를 잡는 도구로써 인류문명에 이바지하였다. 문자가 없는 선인들이 새긴 암각화만으로도 돌은 인간을 끌어안고 시간을 건너 온 동반자임을 유추할 수 있다. 지적인 허기를 적셔주는 벼루로, 완상용 수석으로 귀한 대접을 받는가 하면, 토담에 드문드문 박혀서 운치를 더하기도 했다. 행주산성 전투에서는 행주치마에 담겨 적까지 무찔렀고, 돌팔매가 되어 독재에 항거하기도 했다.

 한 개의 작은 모래알이 돌로 되살아나기 까지는 우리가 상상할 수도 없이 힘든 고행길을 걸었을 것이다. 무수한 세월의 바람과 뜨거운 햇빛과 비에 찢기고 다지며 만든 영겁의 몸가짐, 하여 가옥을 지탱하는 주춧돌로, 불후의 명작으로도 변신하여 시공을 넘나들며 의사소통도 하나보다. 그러길레 그의 내밀한 속살 속에 벙시레 미소 띤 부처님까지도 영원을 사시는 걸까.

 그런 유정한 돌과의 필연에 지구촌의 또 다른 한편에는 돌로 아픔을 만드는 일이 자행되고 있었다.

 무심코 돌린 한 채널에서 방영한 네팔은 천혜 환경이 무척이나 아름다운 국가였다. 희한하게도 그 나라는 천진한 아이들이 생활전선의 주체이고 가장이었다. 그들은 학업은커녕 가족들을 굶기지 않기 위해 노동현장에 끌려나와 돌을 캐고 잘게 부수어 하루하루 생활비를 벌고 있었다. 힘에 부치는 일을 하다가 돌 부스러기로 실명도 하고 망치에 손이 잘리기도 하고 짓이겨져 신체의 변형은 허다한 일이었다. 영양실조로 기형이 된 두 살 박이 동생마저 데리고 가난을 부수고 있는 이웃 나라의 아이들, 돌은 그들의 증오였고 업이었다. 과잉 교육열로 과외다 뭐다해서 학원으로 내몰리는 우리의 아이들은 그들의 절박한 삶에 비하면 사치중의 사치다.

 작은 손으로 깬 그 돌들이 세계의 곳곳에 수출되어 정원을 장식

하거나 운동장이나 거리에 포장의 용도로 쓰여진단다. 언젠가 큰 건물의 정원에 새까맣고 뾰족한 자갈을 밟은 적이 있다. 돌이 왜 이리 날이 섰는지 의아했는데 그 해답을 예서 찾았다. 내가 디딘 발자국이 까만 피부 애들의 가슴과 눈물을 밟은 것 같아 편하지 않다.

마음에 아픔이 닭살로 반응했다. 자본주의 세상에서 가난이 불편의 도를 넘어서면 인생 전반을 총괄하는 괴물이며 죄가 되고 있음에야. 못사는 나라나 가정에 태어난다는 것은 선택이 아닌 운명인 것을.

빈곤과 풍요라는 두 시대를 넘나들면서도 뿌리 깊지 않은 사고가 문제인가 나의 시야는 지역적인 이기를 탈피하지 못했다. '불황의 늪에 허우적대는 내 나라의 이웃들도 수두룩한데 웬 이국의 아이들까지야.' 하고 곱지 않은 시선을 보낸 치졸함이 얼마나 무지에서 온 것인지를.

우리는 우방국가로부터 배급 우유를 받아먹고 구호물자를 받았던 전후세대다. 그런데도 과거 받았던 사랑을 되돌려 줄 적절한 변제기인줄을 몰랐던 내 사고의 편협함과 옹졸함이 부끄럽다. 나눔의 아름다움을, 사랑이란 나무는 삽목을 하고 나눠 심어야 더 울창해지고 많은 열매를 맺는 순리를 몰랐다니. 하루 빨리 그 아이들이 고귀한 아동으로서의 권리를 되찾았으면 싶다.

돌 속에 깊숙이 잠자고 있는 부처님이 홀연히 나타나셔서 그들과 같이하셨으면. 상처받은 동심을 어루만져 주시고 여린 손에 책과 연필을 집어주셨으면 하고 마음을 모아 본다.

(2008. 8. 문학도시)

지국총 지국총 어사와

배는 서서히 해면을 애무하며 포구를 떠난다. 갑작스런 침입자에 놀란 물너울이 길을 내고는 다시 원 위치로 돌아간다. 아- 하고 우리도 모르게 가벼운 탄성이 세상 밖으로 튀어나온다. 친구들 얼굴에 새겨진 시간의 흔적들이 뱃머리에 와 부서지는 파도따라 출렁거린다. 해운대의 밤바다는 작은 목소리로 옹아리도 하고 칭얼대면서 말을 건다.

작달비를 뚫고 서울에서 대학 동창들이 부산으로 내려왔다. 얼마나 살기가 좋았으면 5년만 산다면서 서울을 벗어나더니, 수십 년을 넘겨 아예 뿌리내려 살고 있을까 궁금하여 발길을 옮겼단다.

부산역에서 서로를 얼싸안으며 해후를 하고 매립하여 조금은 지도를 바꾼 수영만으로 향했다. 숙소는 부산 앞바다의 백미며 숱한 사연과 애환이 배인 오륙도와 늠름한 광안대교, 그리고 수평선이 바로 눈시울에 걸리는 그야말로 명당인 콘도였다. 바다는 몇 척의 목선을 띄운 채 자잘한 파도만 밀어내며 순한 양의 얼굴을 하고 있다.

누가 지난여름, 혼란의 축제를 기억하며 누가 무서운 해일을 잊어버리는가. 늘 가까이 있어도 볼 때마다 양파의 속껍질 같은 바다의 모습에 놀라 주체 측이 나라는 사실마저 망각하고 더 들뜨고 말았으니 주책이라면 주책이다.

귀한 손님을 맞느라 예우를 갖추는 걸까. 비는 모습을 바꿨다. 는개를 맞으며 아시아 태평양 경제 협력체APEC를 개최하느라 깔끔하게 단장한 동백섬과 누리마루를 거닐면서 그간 못 다한 이야기를 겅중겅중 나눴다.

해변에 하나 둘 불이 켜질 때, 유람선 '티파니 21'을 타고 동백섬을 지나 이기대와 오륙도, 광안대교를 유유히 타고 다니며 저녁 식사를 하기로 마음을 모았다. 나 역시 부산에 살아도 이 유람선을 타지는 못했다. 언제든지 짬만 내면 활짝 나를 맞으리라는 느긋함과 소홀함에서였다.

우리가 승선한 '티파니' 호는 화려한 조명등을 온몸에 꽂고 어둠이 뛰어내린 물 위를 항해한다. 언제 그랬는지 하늘은 우리가 머무는 콘도의 꼭대기에 구름 모자를 씌워 놓았다. 이미 수반에 놓아둔 수석같이 선명한 자세로 보이던 오륙도와 수평선과 하늘의 경계는 해무가 지운지 오래다. 오륙도가 그대로 하늘에 들어 올려졌다. 선계인 듯 현세인 듯 아른아른, 그 어디쯤의 구역인지 우리는 모른다. 알고 싶지도 않다. 그저 바다의 품에 안겨 요람처럼 흔들리는 수 밖에. 섬세하게 지금의 감흥을 그릴 수 있으면 좋으련만 내 서투른 감상으로 혀에 올리는 것만으로도 사족이고 불경이다.

시간이 갈수록 밤은 아름답다. 광안다리는 낮의 우람한 모습이 아니라 금방이라도 왈츠를 출 것 같은 귀부인의 옷자락인 듯 우아하다. 그에 걸맞게 유람선은 원근법으로, 직각이나 예각 혹은 둔각으로 접근하며 바다의 속옷을 벗긴다.

해물 뷔페에 곁들인 포도주 그리고 생음악을 타임캡슐에 넣으며 탁월한 현대문명에 갈채를 보낸다. 이렇게 멋진 우리의 것을 두고 지구 저 편의 나폴리나 홍콩, 시드니를 몇 번이나 기웃거리고 목말라 했다. 내 집에 걸어 둔 손에 익은 연장 놔두고 남의 집 연장 빌리러 여기저기 들쑤신 것과 같다.

어릴 적 마당에서 했던 공기놀이가 생각난다. 일단 내 것으로 거머쥐고 나면 그 존재 가치도 잊어버리고 남의 것만 더 욕심내었던 허慮가 지금과 별반 다르지가 않아 조금 부끄럽다.

갑작스레 파도가 크게 몰려 와 배가 심하게 흔들린다. 짜릿한 전율이 오래 추억할 한 순간을 입질한다. 음악과 더불어 밤이 흐르고 바라보는 벗들이 좋다. 가까이 살아도 이렇게 바다의 모습에 중심을 못 잡는데 하물며 친구들이야 말해 무엇 하나. 그녀들의 심신이 배가 되고 만다. 그저 입을 당겨 바짝 귀에 걸고 와와- 소리만 내고 있다. 이 순간을 영원으로 저장하고 싶다고 말한다. 그리고 내가 오래 부산에 머무는 이유를 알았단다.

 나는 안다. 그녀들이 어떻게 사는 게 잘 사는 방법인가 물질했다는 것을. 붙박이 하던 일상에서 떠나 땟국을 씻고, 칠월의 바다에 머리부터 발끝, 그리고 마음까지 유혹 당해도 우리의 일탈에 대해 운을 떼는 일은 기각될 수 밖에 없다.

 여행이란 무엇일까. 낯섦과 일체가 되어 진한 감탄부호 하나 가슴에 새기는 것은 아닐런지. 나를 떠나야 비로소 나를 볼 수 있게 하고 인생관과 세계관을 넓히는 대륙적인 행위는 아닐까. 혹여 사는 게 힘들면 쌓아둔 느낌표를 꺼내 뻑뻑한 일상에 기름을 치면 인생도 살만 할 테다.

 상념에 잠겨 초점을 흐리고 있는 나를 친구가 깨운다. 잠시 마음 항해를 멈추고 창을 보니 빗방울이 줄 끊어진 진주알처럼 흩어지더니 다시 빗살무늬를 그린다. 황홀한 선상 유람으로 젖은 내안에 하얀 빗방울이 쌓인다. 소리 없이 우정도 쌓인다.

 지국총 지국총 어사와.　(수필문학 2006. 7)

배를 깎으며

마을 어귀의 젊은 총각들이 경영하는 과일가게에서 그들만큼이나 싱싱한 배를 샀다. 흐르는 물에 씻으려 해도 손아귀에 잡히지 않고 불거져 나온 태가 둥긋한 만월인 듯 크고 넉넉하다. 씻는 순간 배가 불룩해지고 푸근해지려고 한다. 어느 과수원에서 자식인 듯 키운 배가 나한테 선택되어 나와 한 몸이 되려는가. 세상사 인연이 없는 일은 없음이라. 과수원의 화안한 풍경이 마음을 밝힌다.

봄이면 나지막한 가지에 매달려 눈송이처럼 난분분 날리던 배꽃이었다. 하얀 구름이 하강한 듯, 지천으로 피어도 도무지 자존을 버리지 않아서인지 단아하고 귀티가 난다. 꽃자리에 매달린 작은 열매를 이런 커다란 과육으로 숙성시키기 위해 안성맞춤으로 비는 내리고 햇살의 기나긴 입맞춤과 바람마저도 뒤꿈치로 걸었을 테다. 농부는 그들대로 칼바람 속에서 움을 키워내고, 행여 낙과가 될세라, 벌레나 새의 표적은 되지 않을까 잠을 설치고 노심초사하였을 그들의 지심이 찌르르 전해진다.

칼을 들고 돌려가며 껍질을 깎는다. 익숙한 손놀림이 주부로 살아 온 연륜을 말하고 있다. 사각사각 누에가 뽕을 먹는 소리를 내며 낮달 같은 하얀 속살이 즙을 머금고 수줍게 드러난다. 사뭇 관능적이다. 한 접시 담아 야구 중계방송을 보는 남편에게 들고 갔다. 농익은 맛은 치아 사이로 나는 소리로도 유추할 수 있어 침이 어느새 목젖을 넘는다. 금방 접시를 비우고 찍은 집게로 부지런히 잇몸을 오가는 남편을 보니 아! 지난 시간이 등촉을 밝힌다.

나의 기억 창고 속에는 오래 아름다운 사연으로 간직하고 싶은 것은 쉬 달아나고, 헤어나 자유롭고 싶은 일들은 이 나이를 먹어도 칡넝쿨처럼 마음을 휘감아 되살아나는 건 무슨 얄궂은 심사인지.

풋과일 같이 설익고 치기 서린 나의 젊음이 어이 없이 고개를 들이 민다. 조금은 우습고 철없던 시절이 부끄럽다.

스물. 숫자를 별로 좋아하지 않는 나지만 스물이란 나이는 세상 끝까지 꼭 쥐어가고 싶은 꽃나이다. 두근거리며 상아탑에 발을 들여놓고 꿈을 키우던 그 시기에 나라는 독재에 저항하려는 움직임으로 술렁거렸고, 노동법의 태동에다 한일 회담 반대 등의 숙제를 안고 진통을 겪고 있었다. 숨길 수 없는 우리의 젊음은 툭툭 배꽃으로 터져 실과로 영글어 가고 있었다.

가을 정취에 흠뻑 취하고 싶어서일까. 친구의 간곡한 권유로 스 대학생 몇 명과 태릉 배밭에서 야유회를 하기로 했다. 주렁주렁 열린 배가 부담이 되어 가지는 휘어져 땅으로 갈씬거렸다. 둔덕에 핀 들국화는 하늘 바다에 얼굴을 씻어 청초하다 못해 싸늘했다. 맑은 웃음과 기타 소리에 맞춰 부르는 젊은이들의 노래는 들녘에 가득 흩뿌려졌다.

으레 그렇듯이 일일 짝이 정해졌다. 자리가 영 불편했다. 아버지의 지엄한 가정교육을 받은 나는 사실 남자 기피증이 있었다. "아버지 외에는 다 도둑이다." 라는 무지막지한 성교육을 무시로 받은 딸이라서 인지 이성에 대해 일단 의심하며 늘 경계의 끈을 놓지 않았다. 떨려서 마주 보지도 못한 채 발끝부터 서서히 탐색에 들어가는 것은 지극히 당연했다. 발이 크니 키는 크겠다, 숨소리는 싫은 데, 그리고 거무스름한 팔, 옷까지만 훑고 눈을 깔았다.

나에 비해 상대는 너스레와 숫기가 아주 좋았다. 얼굴을 마주하지 않자 자꾸 말을 붙이는 통에 겨우 답만 하였는데 그만 놀이에서 진 벌로 노래를 부르게 되었다. 그 남자, 통기타를 치며 부른 노래 《하얀집White house》은 그날의 백미였다. 분위기가 들녘처럼 무르익자 춤까지 사양 않고 추다가 그만 바지 뒤쪽이 우지직-하고 찢어졌다. 응급조치로 덩치 큰 친구의 잠바를 빌려 입어 위기는 모면했지만 오빠가 없는 나로서는 이성의 속옷이, 가려야 할 부분이 드러나는 게 도무지 용서가 안 되었다.

그렇게 헤어진 후 그 남자 몇 번이고 학교 우체통으로 학보를 보내고 끈질기게 편지도 띄우며 손짓을 하였지만 우리의 만남은 그걸로 끝이 났다. 온실의 꽃이 대책 없이 세상으로 나오면 얼마나 감당이 안 되는지 눈치 못 채신 아버지께서는 무연히 배를 맛나게 잡수셨을 것이다. 때맞춰 친구는 남자친구의 치아 사이에 낀 고춧가루가 원인이 되어 결별까지 했으니 유유상종이었다.

몇 년이 지나 나 같은 숙맥도 혼인이란 보편적인 의식으로 세상과 소통하게 되었고 그에 따른 수순으로 생판 다른 인생길을 걷게 되었다.

내가 축조한 탑 위로 맑은 날이 있는가 하면 바람도 불었고 먹구름도 끼어들고 비도 내렸다. 탑이 견고해지는 만치 허리에는 군살이 띠를 둘렀다. 아버지의 정결한 딸을 인수(?)한 남편은 잠옷바람으로 식탁을 오가는 것은 기본이고 술이 거나하게 취해 소파를 침대삼은 적이 헤아릴 수가 없을 정도다. 내가 평생을 두고 짝사랑할 나의 아들들도 이유 같지 않은 이유로 여자 친구에게 바람을 맞아 가슴 아파하는 것도 보았다. 나 역시도 부스스한 머리에다 너절한 차림으로 집안을 다니다 마주친 거울을 보면 영락없는 떠돌이 난민boat people 이다.

영화 《초원의 빛》에 나오는 장면, 사랑의 열병으로 정신병원까지 가게 했던 첫사랑이 지극히 평범한 농부가 된 모습을 해후하고 돌아서는 나타리우드처럼 쓸쓸한 낯빛에 젖는다. 배가 익어가는 가을이면 결벽증으로 수 십 번 손을 씻던 나의 이십 대의 모습

이 배의 단물 속에 쟁여 있어 허허로운 웃음이 난다. (2010. 10)

몽돌

봄을 재촉하는 비가 실실 내리니 씻어 놓은 빨래가 걱정이 된다. 아무리 콘크리트 상자에 하루를 뉘며 산다고 하지만 몸을 감싸고 함께한 의복에게 최소한의 예의가 아닌 것 같아 그녀는 베란다로 나간다. 관음죽 화분 위에 둥그런 몽돌의 나신이 눈길에 들어온다.

참 잊고 있었다. 지인과 떨어지는 가랑비를 맞으며 바닷가에서 옮겨왔던 돌이 아닌가. 엷은 수수 색의 몸빛과 문양을 쓰다듬으니 차가운 촉감 속에서 와르르 철썩- 하고 해조음이 들린다. 끄르륵, 끼룩- 하고 해면을 할퀴며 나는 갈매기의 춤사위와 해무 자욱한 그날이 생각나 마음이 서늘하다.

삶의 하중이 무겁던 젊은 어느 날, 지인은 그녀를 세상으로 불러냈다. 지인은 남편을 먼 세상으로 풍장 시키고 그리움이 달라붙으면 물을 찾는단다. 그녀는 그녀대로 일상이 지겨워 마음에 거미줄을 치고 주어진 상황에 무언의 항거를 하며 칩거하고 있었다. 때를 같이하여 한 집에 사는 사람마저도 심드렁하며 귀와 눈을 막고 철저히 남의 편만 되어갔다. 무청 같이 푸르던 언약은 시래기처럼 뒤틀리고 실망과 분노의 골은 깊어만 갔다.

그녀가 살아가는 50평 남짓한 공간이 가위가 되어 온 삭신을 눌렀다. 자의식이 고개를 들었다. 부러져도 좋으니 이카로스가 되어 훨훨 어디에고 가고 싶은 마음인데 날개를 펼칠 수가 없었다. 건조한 일상에 대한 화살은 조준해 봤자 부메랑이 되어 다시 자신에게 날아왔다. 마음자리에는 생채기가 나고 무미건조 속에서 살아내야 하는 인생은 길기만 했다. 공룡의 발바닥처럼 쿵쾅거리며 시간을 디디면 준비된 다음 세상에는 자신에게 어떤 옷이 입혀지려나. 천재 혹은 희대의 문제아, 모국어를 훼손하는데 기여한 시인이라는 극과 극의 평가를 받은 이상의 《권태》가 그녀가 처해 있는 마음 그림이라고나 할까.

커피 향을 따라 발길 닿은 도심의 찻집은 더 이상의 여인들의 위안이 아니었다. 둘이는 흐르는 강을 찾다 더 넓은 바다로 방향을 잡았다. 다스리지 못한 속은 그들을 기어코 동해안까지 디밀었다. 좋으면 좋은 대로 울적하면 한대로 기쁘면 또 그렇게 온전히 자신들의 바다가 되어주는 조건 없는 사랑에 더 바다를 찾은 연유가 되었을까. 수천 번의 변신을 꾀하며 하루를 산다는 바다는 옷소매를 벌려 수평선에서부터 학춤을 추다가 모래톱으로 달려오며 말 걸기를 하고 있었다.

친구는 문정희의 《남편》이라는 시를 파도소리보다 더 크게 읊조
렸다.

 시구가 우스워 둘이서 킬킬하고 이를 드러내고 파도 따라 웃으
니 마무리에는 눈물이 났다. 걷다가 누구랄 것도 없이 그녀들은
소리를 쳤다. 야– 갑갑한 마음을 돌멩이와 함께 바다에 던지고
또 던졌다. 뭔가를 잃어버린 허전한 옆구리에 펄럭거리며 해풍이
들어차고 있었다. 갑자기 세 아이를 낳기 전까지 절대로 날개옷
을 주지 말라는 《선녀와 나무꾼》의 동화가 그녀 안속에서 석화처
럼 불을 댕겼다. 하필이면 그 순간에 어릴 때 읽은 이야기가 끈
적이며 자기의 존재를 밝혔는지 모를 일이다.
 뛰다 걸으며 마음을 조준하는 데 울부짖는 파도 소리가 멀어지
고 해풍이 정온하더니 보드라운 감촉이 발에 걸리고 탬버린 소리
가 귓바퀴를 열었다. 시선을 낮추니 주위에 모두가 동글동글한
돌, 야–몽돌 밭이었다.
 보았다. 들었다. 반질한 돌의 보름달 같은 태깔에 스며 있는 웃
음과 노래를. 억겁의 시간을 해일과 파도에 생뼈 깎이고 생살 도
려내 모질게 육탈한 결정체들. 푸르스름하고 불그레한 몸빛에다

새겨진 몇 줄의 무늬는 인생에게 주어지는 아주 잠시의 기쁨처럼 달빛과 별빛을 흡입하여 생성된 열락의 흔적인가. 더구나 그들은 제 몸 깎이면서도 찬 차르르 차르르- 아름다운 노래를 부른다? 고통과 슬픔과 상실감을 모두 안으로 감내한 구도의 정신에서 빚은 노래공양인가. 그렇게 인내하며 영원을 살다보니 어느 날, 모나지 않고 달을 닮은 원만한 몸으로 생성되었을까.

그즈음 그녀는 종은 울리고 시험지는 다 채우지 못해 전전긍긍하던 가위에 눌린 꿈을 종종 꾸었다. 그 꿈과 별반 없는 인생 시험지의 해법을 몽돌밭에서 캐내 약속이나 한 듯 둘이는 울산 주전의 몽돌 해변을 떠나왔다.

아프게 보낸 세월 위로 상처가 아물어 딱지도 앉고 그녀가 세운 날이며 인생마저 무뎌졌다. 일백 번 고쳐 죽어도 몽돌은 될 수 없는 삶이었지만 두더지 게임처럼 불거지는 애착이나 애증 몇 개 정도는 제자리로 두드려 넣을 시간이라는 약도 지니고 오늘을 걸어왔다.

수십 년의 세월을 머금은 몽돌의 나신을 더듬으니 따스한 전류가 흐른다. (2009. 2)

아! 금은화 당신

"어머니!" 하고 부르기만 해도 목이 메는 애잔한 이름 앞에 섰습니다. 이 나이가 되어도 당신을 떠올리면 금방 눈물이 돌고, 피가 뜨거워지며 세상을 다 안은 듯 마음이 넉넉합니다. 오늘 저희 사남매는 유행가의 한 자락처럼 다시는 못갈 험한 굽이와 파란을 슬기롭게 넘으시고 앞만 보며 팔십 성상을 달려오신 어머니께, 무릎 꿇어 큰 절 올립니다.

누구든 사람살이가 그리 평탄하겠습니까. 철이 들고 나이를 먹어 갈수록 가혹한 운명에 굴하지 않고 꿋꿋이 살아오신 당신의 일생이 떠오를 때마다 가슴 한 언저리 쏴아– 매운바람이 불어오곤 합니다.

꽃잎 같은 열여덟의 나이, 일제 강점기에 공부보다는 늘 비행기 연료용 관솔을 따며 여학교를 다니던 당신에게 외조부께서는 더 배울 공부가 없다시며 하늘을 이고 있는 첩첩 산 중으로 혼처를

정하셨다죠. 신랑이 부산의 명문고를 다니고 조부께서 까막눈의 면민을 없애고자 야학을 세워 가르치고 약자의 편에서 일하셔서 존경을 받아 뼈대 하나는 확실한 가문이라는 이유만으로 계산 없이 시집오신 어머니. 청도 김씨 가문의 종부로서 가볍지 않은 소임을 묵묵히 지고 인고의 세월을 당신은 살아오셨습니다.

당신은 바쁜 틈틈이 액자며 병풍 수를 놓고 자수 연구실을 열고 싶다하셨어요. 뜨개질을 비롯해 온 가족의 옷가지는 물론 저희들의 교복까지 만드시느라 희붐한 새벽까지 머리맡에서 들리던 재봉틀 소리가 아련합니다.

창녕 고을 원 집안의 손녀로서 귀히 컸을 텐데도 야무진 음식 솜씨며 주어진 소임을 음전하게 하셔서 전 마을에 칭송이 자자했습니다. 당신은 우리들이 책상에 앉아 글 읽는 소리를 가장 좋아하셨고 배움은 끝이 없으니 평생 배워야 한다고 가르치셨죠. 힘들게 생활하시면서도 여가를 틈타 방송이나 여성지에 원고를 보내 우리에게 뿌듯함을 선사하신 어머니, 이를 지켜 본 먼 친척은 "너희 자매가 엄마처럼 살겠냐." 라 해서 어릴 때는 그 말이 무슨 말인지 몰랐습니다.

객지에 계신 아버지를 따라 상경할 때, 조상 대대로 내려 온 전답을 쉬 처분할 수 없다는 할아버지의 반대로 달랑 솥단지에 이불 보퉁이 하나 들고 시골 생활을 정리한 당신. 서울시민으로 자리 잡기 위해 뼈를 깎던 노력을 어찌 일일이 나열하겠습니까? 일에 몰두하면 식사마저 잊어 위궤양이 걸리기도 여러 번, 치마만 둘렀지 남자를 능가하는 사업 수완으로 벌기만 하고 한 번 써보지도 못한 당신은 바보 어머니였습니다. 능력 있는 당신으로 호사를 양껏 누리면서도 철없던 저의 사춘기에 양념 냄새가 밴 앞치마를 두른 당신이 그리워 속되다고 비난하고 반항도 했습니다. 크고 작은 불상사를 모두 부엌을 벗어난 당신의 탓으로 돌리고 독립하고 싶어 대학 졸업 후, 교편생활을 빌미로 지방을 떠나기도 했습니다. 귀가하면 늘 도우미만 있었던 텅 빈 집이 싫어 결혼과 아이를 이유로 모두가 선망하던 교사란 직업을 내팽개치고 전업주부로 깊숙이 들어앉은 것을 어머니도 아셨죠?

 그렇게 당신이 젊음을 바쳐 넓히고 키웠던 재물은 바로 당신의 혼이고 땀이었습니다. 어머니께서 건축했던 많은 주택처럼 쌓아올린 재산과 구로동의 보세공장과 경영하던 제지 공장, 등나무와 후박나무 우거져 다람쥐가 놀다갔던 동화 속의 널따란 집과 건물들. 그 모두를 하루 아침에 물거품으로 날리고 뇌졸중으로 쓰러지신 아버지와 엄청난 빚더미…. 천지가 깜깜한 밤이라 했던가요. 지옥이 그럴 것이라 했던가요.

 이미 이 여식은 시집 와 유리지갑을 남편으로 둔 새댁인지라 그저 발만 동동 굴리며 눈이 짓무르도록 눈물만 쏟아내던 황망한 순간, 이어받은 가장의 자리는 얼마나 무거웠습니까? 채권자에게 시달리면 불전 한 푼 없이 빈손으로 법당에 가부좌 틀고서 침이 마르도록 부처님만 불렀다는 당신의 말씀이 생각나 사찰에 가면 늘 코끝이 찡합니다. 그도 모자라 화마마저 덮쳤고 큰 환란이 연이어 닥쳐왔지만 모두를 받아들이셔서 더 강인하고 더 의연하게 십자가를 지신 어머니.

당신이 안쓰러워 자식들의 학업을 중단시키라고 충고하던 친지들에게 '부모가 반복을 터야 자식이 온복을 받는다.' 시며 그 상황에서도 끝까지 동생들 모두 최고 학부를 마치게 해 주신 당신. 그런 당신의 모습에서 모진 바람 속에서도 잎을 끌어안고 겨울을 나며 봄이면 향기로운 꽃을 피우는 금은화를 떠올립니다. 살아가면서 한 사람을 따르고 존경함이 어찌 심오한 지성과 권력이나 부의 잣대이겠습니까? 놓임 자리에서 최선을 다하고 꿈을 키워주셨던 어머니. 저희들은 이 세상 그 누구보다도 어머니가 자랑스럽습니다.

만약 당신께서 절망을 희망으로 바꿔 본보기의 삶을 살지 않으셨으면 오늘날의 저희들은 결코 없을 것입니다. 가볍지 않은 삶 속에서 약속이나 한 듯이 어머니를 좇아 당신께 욕되지 않게 살고자 참을 인忍자를 가슴에 각인하여 지금까지 걸어왔습니다. 이제 사 남매는 제 몫 만큼의 세상살이, 귀농하여 농업에서 의사로서 사람을 치유하고 글을 사랑하면서 당신의 흉내를 어설프게 내며 살아가고 있습니다.

'부모은중경'에서 서 말 서 되의 피를 쏟고 여덟 섬의 젖을 먹이

며 사람으로 만드신 부모님의 은혜는 두 분을 업고 수미산을 백
천 바퀴 돌아도 갚을 수가 없다던가요. 신이 세상 곳곳을 다 보살
피지 못해 어머니를 만드셨다던가요. 행여 다음 생이 주어진다면
다시 한 번 부모와 자식의 인연으로 만나 당신에게 이 세상에서
다 갚지 못한 빚을 갚고 싶습니다.
 아버지, 어머니 저희들은 참 행복합니다. 두 분이 나란히 강녕하
게 지내시기에 튼실한 울이되고 뵙고 싶으면 달려가 숨결을 마주
할 수 있어 얼마나 다행인지 모릅니다. 그러니 이제부터라도 깊
은 시름 모두 바닥에 내려놓으시고 천수를 누리십시오.
 아버지 어머니 많이 사랑합니다.

　2010. 12. 18
어머니 팔순에 장녀 올립니다.

선들선들 불어오는 초가을의 더넘바람처럼   145

천사의 나팔

혹여 하늘에서 떨어지는 음표가 있을까. 희망의 나팔소리가 들려올까. 아무리 귀를 쫑긋 세워 보지만 헛일이다. 샤갈은 천정을 뚫고 하강하는 천사를 화폭에 옮겨 세기를 넘나들며 인류에 말 걸기를 하지만 언감생심 그런 상상을 하는 것 자체가 당찮다고 도리질을 한다. 그래도 기대하는 저변에 깔린 이율배반, 나의 욕심이 얄궂다.

며칠 전, 시들한 난의 영양제를 사러 화원에 들렀다. 젊었을 때는 꽃집의 꽃들은 죄다 키우고 싶었는데 나이가 든 탓인가. 부담이 되는 인연은 몸이 사려지고 선뜻 다가가는 것도 망설여지는 요즘이다. 헌데 꽃대에 비해 큰 꽃봉오리를 매단 꽃 한 포기가 눈에 밟혀 인연의 덫을 걸었다. 이름도 어여쁜 '천사의 나팔'이다. 그가 건네는 꽃말은 '고귀한 사랑 혹은 덧없는 사랑' 이란다. 꽃말처럼 사랑이란 더 없이 고귀하기도 하고 덧없는 것인지도 모르겠다. 꽃이 사람을 대변하는 것 같아 더 울림이 온다.

 교사시절, 출석을 부를 때도 자꾸만 고운 이름에 눈길이 꽂혔다. 부르기만 해도 절로 시가 되어 가슴에 여울지는 박넝쿨, 이샛별, 이이슬, 김빛나라, 전하늘, 박가을…. 어쩐지 아이도 이름과 닮아 있었다. 천사의 나팔과 나의 인연을 엮은 것도 순전히 유별난 이름 때문이다. 내 곁에 두고 이름을 부르는 것만으로도 흐뭇하고, 하늘과 교통하고 싶은 나의 바람도 있어 더 그랬는지 모른다. 아니 꼭 이름의 값어치를 할 것 같다. 어릴 때 부른 동요처럼 꽃나팔을 불며 동네 한 바퀴 돌고 싶다.

 분을 끌어안고 돌아서는 내게 꽃집 주인은 "꽃이 부는 나팔 소리가 어떤지 꼭 알려주세요." 웃으며 등 뒤로 말을 흘렸다. 개화에 대한 기대 심리로 오르막인 우리 집까지 힘든 줄 모르고 단숨에 올라와 볕살 도타운 창가에 두었다.

 집안에 생기가 돈다. 가지를 닮은 종種에 원통형의 꼭 다문 보랏빛 꽃봉오리가 품고 있는 꽃의 태깔이 궁금해 화분 언저리를 몇 번이고 오갔다. 꽃이 식물의 생식기라는데 앞태와 뒤태, 수술과 암술은 어떻게 생겼을까. 어떤 모양새로 나비와 벌을 유혹하여 종족을 퍼뜨리며 한 살이를 할까. 밤이 이슥하도록 분 앞에 서성이며 잠자고 있던 먼 기억까지 펌프질을 해댔다. 꽃 한 포기가 가슴을 여니 이름에 엉킨 사연들이 줄을 선다.

 어릴 적, 금융조합(농협의 전신)에 다녔던 아버지께서 사주셨던

바지에다 가방을 메고 입학식을 치른 것도 그 시절에는 구경거리였다. 이름까지도 거들었으니 왕따가 될 수밖에 없었다. 울먹이는 나에게 할머니께서는 "야야, 니 이름은 《시경》의 주남 편에 나오는 시에서 따온 기다 안카나. 요조숙녀窈窕淑女는 군자호구君子好逑요. 군자호구는 요조숙녀아이가. 징조부께서 지어주신 을마나 좋은 이름인데 그라노." 하시며 행주치마로 눈물을 훔쳐 주셨다. 한자를 배우고는 더 싫었던 이름이었다. 남자 선호 사상의 징표이기도 했고 늘 선생님들로부터 아래에 남동생을 두었냐고 묻기도 하셨고 완고하신 친구 아버지의 편지 검열 대상이 되기도 했다.

 그 허기로 여고 시절에는 모윤숙의 《렌의 애가》를 읽으며 참한 이름을 흠모했고 신앙심보다는 이국적인 이름에 대한 선망으로 성당에서 '비비안나'라는 영세명까지 받았다. 어디를 봐도 수수한 사람이 웬 유명 배우 이름을 땄냐는 놀림도 심심찮게 받았다. 이름에 대한 삿된 순례는 거기서 끝나지 않았다. 아이들을 키워 놓고 묵향이 좋아 서예를 배우게 되었는데 해서를 어느 정도 익히니 선생님께서 호를 주었다. 이름을 보상할 예쁜 호를 받아야겠다는 나의 기대와는 반대로 호는 남성미 물씬 나는 '남천'楠泉이었다. 혹을 떼러갔다가 하나를 더 얹어 오니 맥이 빠졌다. 사람이 만든 운명이라 생각되어 더 상심이 깊었다.

 불혹을 넘긴 어느 날, 발을 들여놓은 문학모임에서 자기소개를 할 때였다. 내 차례가 되니 소심한 성격에 숨이 멎었다. 마지못해 혀에 올렸더니 반향은 아주 엉뚱했다. 한 번 들으면 잊혀지지 않는 아주 독특한 이름이라며 "그 시절에 어찌 이런 이름을…"하며 놀라워했다. 어쩐지 좋은 글을 쓸 문인의 이름 같다고도, 오래 기억하겠다고, 꼭 이름처럼 살라며 손까지 잡아주었다. 의아하여 줄곧 그 선배의 말을 곱씹어 보았다. 정말 그럴까. 내가 미처 모르고 버려두었던 이름자가 남에게 더 사랑을 받다니. 아득히 먼 하늘의 별만 쫓다 내 손에 빛나는 소중한 것들을 홀대하는 꼴이 되었다.

이름이란 최초에는 이름이 사람을 빚는 것인지도 모른다. 자기도 모르게 이름에 길들여지다가 어느 시기에는 사람이 이름을, 마지막에는 이름과 사람이 동화되는 것은 아닐까. 입속에 가만히 나를 불러 보았다. 늦었지만 처음 대하듯 점자 더듬듯 하나씩 긍정으로 길을 내어 장점을 찾아나섰다.

흔하지 않은 이름이라 개성이 있고 여운은 남을 게다. 분위기는 없지만 받침이 없어 부르기 쉽고 또 한글이든 한자든 모두 쓰기 편하고 같은 이름이 없어 혼란스럽지가 않다. 아무리 시대가 급물살을 탄다 해도 윤색된 시간을 벗기면 학문과 덕이 높고 행이 바르고 덕이 있는 선남자의 좋은 반려는 아리따우며 반듯한 선여인이다.

세상에 존재하는 모두, 사람이건 물질이건 남(아들 子)과 여(계집 女), 하늘과 땅, 위와 아래, 좌우, 전후, 음양의 조화로움과 화합이 근본이다. 그것을 근간으로 생과 멸이 반복하여 역사가 되어 세상은 굴렁쇠처럼 굴러가지 않은가. 내 이름 속에 내밀한 깊은 뜻, 큰 우주의 이치가 숨을 쉬고 있는지도 모른다.

하기야 한학자이신 증조부께서 남자가 흔한 집에 태어난 귀한 증손녀라시면서 늘 무릎에 앉히고 하늘만 보이는 심심산골에서도 거두는 사람까지 두었다던데. 자궁이란 스스로 가꾸고 키우고 지키는 법, 가만히 이름과 손을 잡았다.

한참이고 에둘러 들어선 글에 대한 짝사랑 길, 한계에 부딪쳐도 다시 일어나고 걸어야 하는 고독한 이 길에 진정 어울리는 이름자는 지금 이 이름이 안성맞춤일지도 모른다. 혹 이름과 사람이 심한 엇박자를 내면 어쩌나. 이름은 앞서는 데 나는 저만치서 허우적대면 그 괴리감은 어떻게 감내하나 등등의 노파심이 생기기도 한다. 자신은 없지만 나에게 아직은 남은 연륜의 힘을 믿고 싶다. 그게 내가 소원했던 이름에 대한 예의이고 빚 갚음일 것 같다.

잠결에 목이 타 물 한 잔을 마시기 위해 일어났다. 어디선가 옛집을 지키는 듬직한 파수꾼, 흡사 오동나무꽃 향기가 났다. 냄새 따라 걸음을 떼니 보랏빛 겉피를 열고 큼직하고 시원한 천사의 나팔이 고개 숙인 채 미소를 머금고 있었다. 나도 모르게 하회탈이 되었다. 이 큰 꽃송이가 작은 꽃대에 의지하여 세상 밖으로 나오느라 산고를 겪지는 않았을까. 허공에 날아다니는 천사가 혹여 잠자는 꽃잎을 두드린 것일까. 아니 줄탁동시에 일어난 마음인 게야. 큰 꽃 속을 찬찬히 들여다보니 작은 나팔들이 오순도순 모여 머리를 맞대고 있다. 이민자를 우리 품에 받아들여 껴안아야 하듯 외래 꽃도 거두고 키워야 할 때라는 것을 꽃나팔을 불며 전언을 하는 걸까. 내가 내 이름을 꼭 껴안듯이. (2009. 10 수필문학21)

가방을 들고

발걸음이 땅에서 금방 떨어진다. 날개가 돋았는지 뻑지근하던 어깨도 가볍다. 꽃을 뿌리는 화동이 된 것 같기도 하고 작은 종을 흔들며 미사를 진행하시던 신부님처럼 길거리에 꽃향기를 뿌리는 것 같다. 마음이 샤갈의 그림 한 폭처럼 하늘을 난다.

아들 내외가 여행길에 사다 준 꽃문양이 가득한 가방을 들고 집을 나선다. 처음 드는데도 늘 착용한 양 편안하고 몸에 달라붙는다. 밀착된다는 것은 서로의 사이에 틈이 없고 일체가 될 인자가 많다는 뜻이다. 나이가 드니 옷이나 가방, 신발뿐만 아니라 사람도 편안하고 부담이 없는 사람이 최고다. 그러고 보니 이 가방은 파격적인 대우를 받는 셈이다. 손때와 정을 쌓아야 할 묵은 시간을 단숨에 뛰어 넘었으니까.

그동안 어떤 옷이나 장소에 잘 어울리고 싫증이 나지 않고 때가 타지 않는다는 이유로 항상 짙은 색상, 까만색이나 갈색의 가방만 들고 다녔었는데. 오늘 밝은 색의 꽃이 만발한 가방을 드니 주근깨와 검버섯 앉은 내 얼굴도 꽃의 힘을 빌려 화사해지려 한다. 꽃 한 송이송이 마다 팔팔하게 되살아나 낡고 우중충한 아파트 담벼락도 잿빛 거리도 눈에 거슬리지 않는다.

흔히들 옷은 여인의 날개라 한다. 가방도 의상이나 분위기에 맞게 선택되어져 그네들이 가는 곳 어디든지 덧 날갯짓을 하게 됐다. 여자의 심상과 발맞춰 천근의 무게도 되고 때로는 불룩하게 세상의 소식이나 즐거움을 잔뜩 채워 와 가슴이 뿌듯해지기도 한다. 더러 그네들의 관심권에서 자존감이 되기도 하고 명품이란 이름으로 허영의 바람을 일으켜 비난의 화살을 한몸으로 받기도 한다. 분명한건 가방이 여인의 한세상 살이의 동행이라는 것이다.

이런 다양하고 입체적인 그의 존재를 남자들은 모른다. 온 삭신이 다 아우성이라면서도 손과 어깨에서 떨치지 못하는 가방의 존재를 애매하고 모호한 여성의 실체만큼이나 이해하기 힘들어 한다. 그 속에 어떤 인생살이의 보물지도가 들어있는지 궁금해 하고 기웃거리고 싶어 한다. 그렇다. 가방에는 내 인생이 담겨 있다.

나와 가방은 뒤뚱거리며 세상에 첫발을 내디딜 첫돌 때부터, 색동저고리 섶에 주머니란 작은 형태로 허리에 감겨 인연을 시작했다. 자라서는 어머니가 만들어 주신 작은 뜨게 가방을 메고 그 속에 머리핀이나 용돈을 꼬깃꼬깃 넣어 할머니와 나들이를 가기도 했다. 초등학교 입학 무렵 가방을 메고 입학식을 갔다가 저들과 같이 책 보따리를 메지 않았다는 이유로 한참이고 따돌림도 받았다.

여고시절, 무거운 책을 끌어안고 시계추가 되어 사춘기를 오갔다. 시간에 쫓기면서도 파릇한 청춘의 애순을 틔우며 《소월》이나 《청록파》의 시들을 품기도 하고 연서를 적어준 대가로 받은 예쁜 편지지를 깊숙이 보관한 비밀창고가 되기도 했다.

성년이 되어 획일적인 규격의 가방에서 탈피하여 나만의 가방을 들고 상아탑에 발을 디뎠다. 갑자기 주어진 자유와 젊음은 내가 쓰기에 따라 다양한 변신을 가능케 했다. 도서관을 오가며 부조리한 현실에 반란하고 싶은 젊음을 구겨 안고 캠퍼스를 오갔다. 그가 그들로 개체수를 늘일 때 내 인생의 주인공이 되어 일어서지 않으면 영영 도태된다는 자의식도 고개를 들었다.

자유가 좋아 지원한 먼 이방의 여학교에 근무할 때도 가방은 외로운 나의 동반자가 되었다. 그 시절의 나의 생활은 아직도 내 인생의 밑그림이 되고 있다. 지금도 삶이 버거우면 청아한 하늘과 들판의 곡식 익는 냄새, 아이들의 웃음소리를 추억하며 혼자 웃곤 한다.

억겁의 인연 쫓아 다가온 한 남자, 그가 건네 준 예쁜 가방을 들고 손잡고 나선 인생길. 그 길은 결코 녹록하지 않았다. 쨍한 날보다는 세찬 비가 내리며 많은 바람이 일었다. 과부하가 걸린 어느 날, 가방을 꾸려 왔던 길 다시 밟고 싶었지만 지난 길은 더 아득하고 멀기만 했다. 이미 삶은 나만의 것이 아닌 '우리' 라는 단위로 움직여야만 했고 나로 인해 미칠 진동의 폭도 계산에 넣어야 한다는 것을 뼈마디가 아리도록 깨달았다. 나 하나의 체념이나 마음 다스리기가 무리가 없었다. 차츰 진흙 굳어지듯 삶도 다져 우악스런 아줌마의 가방을 든 지 수십 년이 흘렀다. 세월이 굳은살로 잡혀 뻔뻔해지고 감성은 무뎌진 채 오늘로 걸어 왔다.

 결국 나도 가방도 언젠가는 서로를 떠날 것임에도 채우는 게 삶의 목표인 양 살아 온 지난 시간들. 늘 허기진 듯 불룩하고 번쩍이는 남의 가방을 부러워하며 살아가니까 어느 날, 당최 무거운 것이 싫어지고 어깨와 팔이 아팠다. 아- 비로소 느낌이 왔다. 정신이 제어장치를 못하니 보다 못한 육신이 팔 걷고 나섰다는 것을.

 어영부영하다 보니 생의 절반을 훌쩍 넘긴 이즈음, 다루기 쉽고 가벼운 가방을 들고 나서면 무언의 속삭임이 들린다. '더 비워라. 비운만큼 삶의 중량이나 아픔도 한결 줄어들 것이다.' 라고.

(2012.10)

지나고 난 다음의 잔향 **소릿바람**처럼

포장마차 | 그 한 사람은 | 김장 | 자갈치 삽화 | 해맞이 | 세족 |
외국 근로자의 설잔치 | 부럼 | 지심도에서 | 봄의 기지개 | 전쟁과 문화유산 |
길 위에서 | 느릿느릿 | 춘래불사춘 | 오월의 신부 | 사은의 꽃편지 |
농자천하지대본 | 은빛 목걸이 | 열려라, 그대들의 가슴

기다림의 시간은 더디기만 하다. 참다못한 사람들이 모두의 가슴에 드리우
고 있던 그물로 투망을 했음에 틀림없다. 거대한 그물에 옴짝 못하고 걸린 해,
지난 날의 분열이나 아픔과 좌절은 모두 물렀거라. 영차. - 해맞이 중에서

포장마차

퇴근하는 길거리의 풍경이 눈길을 잡는다. 빨강, 노랑, 파랑의 뾰족한 고깔모자를 쓰고 겨울 특수를 누리기 위해 한창 바쁜 포장마차다. 몰아치는 칼바람이 불빛 새어나는 곳으로 디민다.

천막을 들추고 들어서니 김이 무럭무럭 나는 어묵과 꼬지, 언 몸을 화끈하게 책임지겠다는 듯 붉은 고추장을 두껍게 단장한 떡볶이, 검은 떡가래 같은 순대, 떠나온 바다가 그리워 파랗게 토악질한 홍합이 초저녁잠을 쫓으며 손님을 기다린다.

스스럼없이 좁다란 의자 한 자리를 비집어 앉는다. 아무 싫은 기색 없이 자리를 만들어 주는 어디서 본 듯한 낯익은 사람들. 후루룩하고 국물을 마시며 주위를 본다. 누가 채어갈세라 허리를 껴안은 두 연인들과 반질한 순대와 풋고추를 썰어 담은 접시를 앞에 놓고, 투명한 소주잔을 기울이는 반백의 두 남자, 안경 낀 젊은이들.

"모두 아이 엠 에프IMF가 원인 인 것 같아."

"벌써 스무 번도 넘게 취업 원서를 넣었는데 소식이 없어. 지방 대생이라 그런가?"

"아들이 장가를 가는데 식도 올려주고 집도 얻어야 하는데. 벌어 놓은 돈도 없고. 참 걱정일세. 대학도 저가 알바로 마쳤는데. 면 목이 없네."

"열심히 살았잖나. 너무 고민 말게. 젊을 때 고생은 사서도 한다 고 했잖은가."

 눅눅한 대화가 오간다. 지붕이 흔들리더니 후두둑 비가 떨어진 다. 어두운 지기地氣가 하늘까지 닿아 그새 구름과 비가 되었나 보 다. 빗소리가 아련하다. 마차는 춥고 외롭고 소외된 사람들을 싣 고 겨울밤 한가운데를 굴러간다.

 오래토록 마차는 나의 가슴을 밝혀주는 동화였다. 누런 호박을 두드려 만든 신데렐라의 황금마차, 잘록한 허리에 긴 드레스를 입은 우아한 서양의 귀부인들이 타고 내리던 마차, 말발굽을 떨 꺽이며 화면 밖으로 달려오는 듯해 무섬에 떨며 관람했던 영화 《벤허》, 그 박진감 넘치던 로마시대의 마차, 울퉁불퉁한 시골길을 달리다 책 보따리를 맨 악동들을 무겁다 않고 태워주었던 우마 차…. 이제 그들은 역사 속으로 사라지고, 한 가정의 삶의 십자가 를 나눠지고, 서민들의 친구가 되어 이렇게 멈춘 마차가 되어 우 리 곁에 머무르고 있다.

감미로운 선율 속에 에피타이즈와 디저트를 갖추어 식사를 즐길 수 있는 레스토랑이나 호화 음식점이 더욱 번쩍이는 건, 포장마차처럼 제 몸 낮춘 길거리의 먹거리 집이 존재하기 때문이 아닐까. 못생긴 나무들이 선산을 지키고, 대다수의 힘들고 가난한 사람들이 끝까지 이 나라와 공동 운명체인 것처럼.

거센 빗방울이 조용해졌다. 마차주인은 박꽃 같은 웃음을 피우며 다시 뜨끈한 국물을 부어준다. 고향 마을 어디쯤인가 와 있는 푸근함이 몸과 마음을 데운다. 어느 틈엔가 울분을 터뜨리던 사람들의 눈매가 편안해지고 천정에 일렁이는 빠알간 알전구가 두 볼에도 켜진다. 서로서로 삶의 무게를 조금씩 나눠졌을까. 마차 안 어디엔가 이 시대의 과제를 해결 할 숨어 있는 구원을 얻었을까. 마차 문을 나서면서 올려다 본 하늘에는 별이 총총하다.

(2003. 11 국민일보)

그 한 사람은

화명 신도시로 이사를 가게 되었다. 짐정리를 할 때마다 우리 집은 합일점 하나를 향해 난항에 난항을 거듭한다. 남편은 복잡한 것보다는 단순한 것, 묵은 것보다는 새것을 좋아하는 깔끔한 성격이다. 나는 또 새것에 대해서는 길들여 질 때까지 늘 낯을 가리고 불편해 한다. 그런 내가 못마땅해 남편은 텔레비전에 나오는 수납의 달인까지 우리 집으로 초청하여 산뜻하게 살자고 야단이다.

나는 사람도 그렇지만 사물 역시도 좀처럼 절연을 못한다. 박봉 속에서도 서점을 기웃거리며 구입했던 빛바랜 책들, 몸과 마음을 포근히 감쌌던 옷가지들, 들여다 놓고 마음 그득했던 가재도구, 사랑을 소소 퍼담았던 그릇들, 철철이 향훈을 뿜어내었던 꽃들…. 그들이 있어 삶이 나에게 등을 돌렸을 때도 희망 쪽으로 주파수를 맞추었고, 호의적이었을 때는 몇 배의 기쁨을 누렸다. 그렇게 한 가족처럼 지내다 보니 자연히 식구들은 짐 더미 속에서 허우적대며 살게 되었고, 짐들은 '정'이라는 이름으로 나를 가두고 갈등케 하고 있다.

드디어 이삿날, 허접한 짐들을 들어내면서 이삿짐센터 사람들은 투덜투덜 했다.

"이 궤짝은 버리는 시기가 늦은 것 같은데…."

그럴 때마다 면구스러웠지만 모른 척 딴전을 살폈다. 짐을 두고 나와 번번이 말씨름을 하던 남편의 시선이 갑작스레 멈췄다. 다가온 환절기에 미처 적응하지 못해 핼쑥한 아마렐리스와 게발 선인장과 난분을 버리는 대열 쪽으로 밀치고 있었다. 나는 발끈하고 말았다.

"너무하잖아요. 이 추운 겨울에 내몰아 죽이자는 거예요."

그 순간, 예쁜 짓을 한다고 어쩔 줄 몰라 하더니 어느 날 갑자기 버려지는 유기견이 생각나 언성까지 돋웠다. 단호한 나의 항변에 남편은 마지못해 화분을 차에 싣고 익숙했던 동네를 떠나왔다.

이사 온 며칠 후, 베란다를 청소하다 말고 아– 나도 모르게 가벼운 감탄사가 터져 나왔다. 남편이 포기하려고 한 아마렐리스에서 쑤욱 푸르른 꽃대가 꽃봉오리를 이고 솟아나온 것이다. 아직은 꽃피울 시기가 아닌데도 불구하고 서둘러 봉오리를 밀어 올린 꽃의 몸부림이 가슴을 흔들었다. 내 등줄기가 꽃대처럼 쭉 펴졌다.

지금 우리는 대선주자들이 고지탈환을 위해 뿜어내는 말잔치로 귀가 먹먹하다. 진정한 애국자인 자기를, 경륜이 많다고, 또는 탐욕이 없다고, 정직한 사람은 자신이라며, 모두 스스로를 가장 적임자라 한다. 일순 내가 후보임에도 부끄러워 상대 친구를 찍어주고 얼굴이 새빨개졌던 초등학교의 선거가 생각이 났다.

적어도 우리의 결정이 아름다운 구속이 되려면 아름다운 나의 선택은 당연하지 않을까. 어쨌거나 다들 대낮에도 등불을 켜들고 그 누군가를 찾아야 할 즈음이다. 적어도 프랑스의 속담처럼 '선거 때는 귀족이었다가 당선이 되는 순간 노예'로 전락하는 우리는 되지 않았으면 싶다.

주인장의 마음을 재빨리 알아채는 아마렐리스처럼, 마음의 귀를 나팔만큼 열고, 민초들의 깊은 속내와 절규를, 한숨의 농도를 금세 듣고 읽을 수 있는 그 한 사람은 어디에 있을까?

(2002. 12. 2 국민일보)

김장

더 추워지기 전에 김장을 하기로 했다. 연락을 받은 시누이와 동서가 김치 통을 들고 속속 도착한다. 위층 아줌마도 고무장갑을 끼고 들어온다. 늘 조용하던 집에 사람이 북적거리니 시어머니는 신이 나서 왔다 갔다 하신다.

눈대중을 저울로 하여 새빨간 고추와 연노랑의 마늘과 생강, 보라 빛 갓, 파란 미나리, 분홍 새우, 회색 굴, 흰 무… 갖가지 색깔의 재료를 구수한 멸치젓과 새우젓에 버무린다. 온 집안에 양념 냄새가 그득하다. 빙 둘러 앉아 초록 잎에 감춰진 노란 속살의 배추와 오동통한 총각무와 콩잎, 고들빼기 등 여러 야채의 속잎을 헤쳐 가며 골고루 갖은 양념을 바른다. 이미 소금에 한 번 죽은 배추가 또 다른 생명의 길을 여는 단장을 한다. 인공이 가미되지 않은 화려한 자연색이 곱다.

맛을 보니 단물과 함께 싸락싸락 싸락눈 밟는 소리가 난다. 길게 찢어 막 뜸이 돈 밥 위에 걸쳐 먹기도 하고, 돼지고기와 보쌈도 해먹으니 정말 맛이 일품이다. 올해도 예년과 같이 맛난 김치를 먹으며 겨우살이를 할 것 같은 예감이 든다.

항아리에 넣고 허드레 잎사귀로 위를 꼭 눌러 자연에게 김치를 맡긴다. 이제부터 김치는 항아리의 미세한 입자를 통해 숨 쉬고 추위에 얼기도 하고 햇볕도 받아 가며 숙성되어 은근하고 오묘한 맛을 낼 것이다. 그 동안 날은 추워 오고 배추와 양념값은 치솟아 늘 걱정이 됐는데 이제 한 시름 놓았다.

살림을 살수록 생활에 깃던 조상의 슬기에 머리를 끄덕인다. 지금처럼 온상 재배가 있을 리 만무했던 그 옛날, 별다른 저장법이 없었던 선인들은 갖가지 영양이 풍부한 김치로 건강을 지키며 살을 에는 겨울을 이겨냈다. 김치란 각종 양념배합도 중요 하지만 혼자 보다는 여럿이 품앗이로 거들고 버무려야만 더 좋은 맛이 탄생된다. 다 만들고 나면 이웃과 서로 나눠 먹어 인정을 잇는 음식이 바로 김장김치다. 김장은 이처럼 사람살이의 화음으로 빚어진 식품 오케스트라가 되어 긴 세월 밥과 함께 우리의 식탁에 올라 건강의 지킴이가 되어 왔나보다.

요즘은 인스턴트에 길들인 현대인의 식습관과 바쁜 생활이 맞물려 공장에서 대량으로 생산되어 맛과 냄새와 색깔이 꼭 같은 김치를 사다 먹는 집이 많다. 문득 갈탄난로 위에 도시락을 데워 집집마다 다른 솜씨와 지방의 특성이 배인 김치를 먹던 점심시간이 떠오른다. 교실에서 팔도 김치 맛의 기행을 하며 책상 사이로 오갔던 그 시절이 그립다.

 일 년 365일 김치 없이는 한 끼의 식사도 할 수 없는 명줄 같은 김치가 한 때 일본의 '기무치'로 변하여 세계에 알려진 어처구니없는 일도 있었다. 다 김치사랑의 부재일 것이다. 프랑스는 상류사회의 기준을 그 집만이 전해 내려오는 특별요리가 몇 가지 있어야하는 것이 필수라 한다. 조금의 부富만 갖추면 승강기를 타고 급상승하려는 우리 사회와 비교가 된다. 우리 집은 내 솜씨가 살아 있는 한 김장을 하며 긴 엄동고개를 넘을 생각이다.

(2002.12.18 국민일보)

자갈치 삽화

설날이 며칠 남지 않았다. 연로하신 시어머니가 계신 우리 집은 세배를 드리기 위해 찾아오는 손님이 많다. 그 분들의 접대가 늘 걱정이 되었는데 오늘에야 마음을 내어 자갈치 어시장에 갔다. 굳이 그 곳을 찾은 연유는 신선한 먹을거리를 조금이라도 싸게 살 목적도 있지만 무엇보다 치열한 세상살이 한 부분을 오려서 옮겨 온 듯한 분위기, 그 속에서 객관화된 나를 보는 것 같아서 좋다.

해안은 희끄무레한 안개에 잠겨있었으나 시장 들머리부터 비린내가 진동을 한다. 바다 거죽을 힘껏 박차며 나는 갈매기들, "어서 오이소(오세요). 헐습니더(쌉니다). 아이구마 사이소." 호객하는 아지매의 사투리에 물씬 정이 묻어난다. 축축한 좌판 위에 누워 있는 때깔 좋은 조기와 민어, 도미의 투명한 눈망울은 바다가 그리워서인지 눈물이 가득 고였다. 맨드라미 빛깔의 생선 아가미와 제 몸의 향기와 맛을 지키기 위해 울퉁불퉁한 외양을 지닐 수 밖에 없는 멍게, 해삼, 개불, 오색찬란한 껍질의 품에 안겨 귀한 인연을 기다리는 전복… 바다 가족은 다 모였다.

덩달아 나의 오관도 활짝 열린다. 소매 긴 김에 춤춘다더니 충동구매까지 생겨 여러 해물을 사서 바구니에 주섬주섬 담아 넣고 돌아 나오니, 펄떡펄떡 뛰는 등 푸른 생선이 옷에 물을 튀긴다. 저만치서 판자 위에 때밀이 수건과 귀이개, 고무줄 몇 개를 놓고 장애우가 긴 장화를 동여매고 시장 바닥에 배밀이를 하고 다닌다. 생명에의 원초적인 본능과 숨 쉴 때까지 생의 의지를 꺾지 않는 힘이 찌릿 나를 관통한다. 그렇다. 산다는 건 온 힘을 다해 세상과 부대끼면서 나의 존재감을 찾는 것이다.

얼핏 어젯밤 뉴스가 떠오른다. 수능 성적이 목표에 미달한다하여 청년이, 두 딸의 등록금을 마련해 주지 못한 아버지가 생을 포기한 사건이 부산에서만 두 건이 일어났다. 죽음을 택한 절박한 용기를 한 번 더 삶에 도전해 보았더라면 위기를 극복하기는 힘들었다 해도 비극은 면하지 않았을까 싶다. 힘들겠지만 인생살이 자체가 고통과 동행한다는 느긋한 생각을 하거나 불행은 행복의 예고장이라고 마음 한 자락이라도 돌려먹었더라면 그런 극단의 선택을 아니 했을 텐데.

인생은 우리네 바람과는 달리 즐겁고 행복하기보다는 우울하고 슬프고 힘든 일이 더 많아 '고해' 라고도 한다. 그럴 때 자신을 추

스를 수 있는 방법 중 하나로 나는 장보기를 권한다. 우리 삶의 1
번지 같은 장에서 내일로 향한 꿈을 꿰기 위해 당차게 살고 있는
그들과 더불어 생활의 오아시스를 찾아보면 어떨까.

 그대, 눈을 뜨거나 감아보아도 꼭 같이 캄캄한 밤 가운데 서 있거
나, 살아서 지옥을 볼 때, 모진 명줄을 놓고 싶어 남 몰래 사이버
공간을 기웃거렸던 사람, 다들 모여라. 모두 자갈치 시장에 깊숙
이 잠입해 보면 안다. 살아있음이 얼마나 엄청난 축복인가를. 살
아내기 위해 혼신을 다하는 모습이 얼마나 아름답고 숭고한지를.

(2003. 12. 30 국민일보)

해맞이

동해에서 밀려온 푸르스름한 이내가 창을 적시며 나를 깨운다. 어둑새벽의 사위는 침묵하다 못해 엄숙하다. 어둠을 털어내고 12간지 중 양띠의 해를 맞이하기 위해 강변을 따라 가속기를 밟는다. 샛별이 졸린 눈을 깜빡이며 나와 동행한다. 낙동강과 바다가 악수하는 포구, 다대포에 발길을 멈춘다.

구름이나 안개 자욱한 날에는 보일 듯 말 듯 둥둥 떠다니는 환상의 섬과 같다하여 이름 얻은 몰운대, 그 끝부분인 화손대로 향방을 잡는다. 쏴- 해송과 다정큼나무, 후박나무에 숨어 있는 해풍이 갯냄새를 묻혀와 몸속으로 매섭게 파고든다. 어느새 인파는 수런수런 숲길을 가득 메운다. 공통 목표에 마음을 앉힌 그들의 동작이 사뭇 진지하고 질서정연하다. 드디어 고갯마루에 닿는다. 속눈썹에 걸리는 수평선과 고요히 정박하여 새해를 기다리는 배와 끼룩끼룩 바다자락을 물고 나는 갈매기, 눈물처럼 떨어져 있는 작은 섬, 그리고 섬. 아름다운 정경 앞에 무아지경에 듦과 동시에 숨막혔던 생채기가 발아래 쪽으로 떨어져 나간다.

한숨을 돌리며 주위를 살펴보니 모두들 동녘에 눈을 꽂고 있다. 어둠 속에서 하나가 되었던 하늘과 바다는 뜨거운 기운에 달구어져 손을 놓고 선명한 금을 그으며 점점 핏빛에 젖는다. 시시각각 하늘과 바다는 합심해 뜨거운 용광로가 되어 해를 벌겋게 풀무질을 하고 있나보다.

기다림의 시간은 더디기만 하다. 참다못한 사람들이 모두의 가슴에 드리우고 있던 그물로 투망을 했음에 틀림없다. 거대한 그물에 옴짝 못하고 걸린 해, 지난날의 분열이나 아픔과 좌절은 모두 물렀거라. 영차, 어기차 한 마음 되어 줄다리기를 한다. 솟아라, 그리고 오너라, 해여. 누리를 향해 너의 빛을 쏴라.

오전 7시 33분. 두터운 운층을 뚫고 가느다란 금실처럼 해가 얼굴을 내민다. 2003년의 역사의 새로운 장이 열린다. 감격에 겨워 절로 함성이 터져 나오고 환영하는 박수갈채가 하늘까지 소지를 올린다. 오른 해는 순식간에 불끈 온 얼굴을 드러낸다. 세상을 밝히고 뭇 생명을 키우기 위해 제 몸을 얼마나 달구었는지 뻘겋다 못해 푸른빛을 내며 푸들푸들 떤다. 자태가 부셔서 눈물이 난다. 임부들이 달을 마시며 태교를 했듯이 뜨거운 새해를 꿀꺽 마신다. 이제 내안에는 지지 않는 해가 뜰 것이다. 해와 하나가 되어 늘 빛이 머물고 자라도록 해야 할 것이다.

해는 어제와 오늘도 떴고 또 내일도 뜰 것이지만 모든 이들의 마음속에 새로운 바람을 건다. 어떠한 어려움이 닥쳐온다 해도 녹일 수 있는 해와 똑 같은 뜨거운 열정을 얻어내어서일까. 낮빛이 영락없이 후끈 달구어진 또 하나의 햇빛이다. 선창가에서 칼국수 한 그릇으로 몸을 녹이고 나서니 어느새 새해는 저 만큼 높이 하늘밭을 일구고 있다. 계미년은 그렇게 밝아 왔다. (2003. 1. 16 국민일보)

세족

 늘 어둠에 갇혀 숨죽이고 있는 신체부위, 사람을 직립형 고등동
물이게 하면서 엄청난 운동량에다 전신을 떠받들고도 몸 낮춘 겸
손한 발. 가끔씩 잠자리에 들기 전에 뜨끈한 물에 식초 몇 방울을
희석하여 발을 담근다. 몇 번이고 물을 갈며 용천을 두드리고 발
가락들을 맛사지한다.

 피로가 욕실 가득 피어오르는 부연 안개와 돋아나는 땀방울로
몸에서 빠져 나가 심신이 깃털처럼 가볍다. 하루가 이렇게 갈무
리 되어 내 인생의 사물함에 쌓였다가 더러는 바람이 더러는 글
꽃으로 피려나.

 발이 데워지면서 내 안에 따뜻한 그림 한 장이 걸린다. 골짜기의
물이 낮은 곳으로 흐르다 잠시 머물고 물봉선화와 오동나무가 해
종일 내려앉던 개울이 떠올라 물을 찰방거려 본다. 그 옛날, 선비
들이 산그늘 짙은 계곡물에서 발을 담가 시로 화답하고 유유자적

한더위를 넘겼다는 멋진 피서도 생각나 기분이 한층 더 좋아진다.

　며칠 전, 서울의 어느 대학에서 고난주간을 맞이하여 총장님과 교수님들이 신입생들의 발을 씻어주는 세족행사가 있었다 한다. 더위를 식히는 한줄기 바람처럼 신선하다. 학생들의 땀과 먼지로 범벅이 된 냄새나는 발을 정성스레 씻어주는 교수님. 발가락 하나하나 매만지며 접촉하는 가운데 소원했던 관계가 바짝 당겨졌음이 틀림없다. 이 파격적인 행사에 처음 제자들은 불편해 하고 어리둥절했을 것이다. 개중에는 우스꽝스런 행위 한 자락이라고 냉소하는 사람도 있었겠지만, 곧 후학들에 대한 사랑의 표현임을 알고 가슴이 뜨거워졌을 것이다.

　세상은 갈수록 피폐해지고 사도가 땅에 떨어진 지 이미 오래됐다. 과격한 학생들은 총장실까지 점거하여 자기들의 의견을 관철시키려 하고, 화염병을 던져 기물을 부수질 않나, 스승에게 폭력까지 행사하는 불상사도 빈번하다. 때마침 그 학내에는 등록금 인상타협과 복지 문제 등 미해결된 과제로 동맹휴교가 시작된 하루여서 소통이 절절이 필요한 시기였다. 소통이란 닫혔던 마음을 활짝 열어 나는 너만큼 너는 나만큼 서로의 가슴에 젖어들어 평정이 되는 행위다.

　아마도 세족식 이후 사제지간의 높은 벽은 곧 허물어지고 대화의 길이 트여질 것이다. 교수님 역시 예수님께서 십자가에 매달리시기 전날, 제자들의 발을 일일이 씻어주신 것처럼 권위를 내

려놓고 참 대화를 원하셨으리라. 학생들도 심오한 지식의 전달이
나 이론의 이입보다 더 진솔한 스승의 제자 아낌이 오래 여운에
남을 것이다. 발이 물을 먹어 부드러워진 것처럼 그렇게 가만히
스며들었을 것이다.　(2003. 4. 29 국민일보)

외국 근로자들의 설 잔치

설날, 장롱 깊숙이 두었던 한복을 챙겨 입고 일렬횡대로 줄을 서서 시어머니께 세배를 드렸다. 아직은 어른의 자존심을 지키시고 싶은 당신께서는 쌈지에 접어둔 세뱃돈을 며느리들과 손자들에게 일일이 나눠 주시며 덕담을 하셨다.

"올해도 다들 건강하고 하는 일이 잘 되도록 해라. 큰애는 지금 뭘 하고 있는지. 집 생각이 얼마나 나겠냐."

떡국과 갖가지 다과를 먹으며 웃음을 쏟아내다 틀어 놓은 텔레비전에 눈이 갔다. 마침 외국 근로자들의 노래자랑 시간이었다. 음정과 박자가 정확해서 놀랐지만 그들의 얼굴에 비치는 국위가 더 놀라웠다. 여유로워 보이는 일본인과 미국인들에 비해 3D 업종에 종사하는 필리핀인, 중국인, 네팔인, 인도인들. 나도 모르게 목이 뜨끔했다. 여섯 살바기 아들을 고국에 두고 9년을 냉동 공장에서 일을 하고 있는 그 근로자의 움푹 들어 간 눈자위에는 눈물이 그렇했다. 그래도 돈을 모을 때까지 오래 일하기만을 희망했다.

 언제부터인가 우리나라에도 합법과 불법을 넘나들며 외국근로자가 속속 상륙을 하고 있다. 불법체류자라는 약점을 교묘히 이용하여 사주가 한국인의 절반 수준의 임금으로 대우를 하는데도, 저항할 수 없는 그들. 무차별 구타를 당해 온몸에 앉은 푸른 멍자국들. 또 여성의 10프로 가량이 성 학대를 받는단다. 폭력을 견디다 못해 자살한 사람도 있고, 정신 병력의 남편으로부터 살해당한 주부도, 애써 번 돈을 몽땅 사기당하여 오도 가도 못하는 자도 있었다. 물론 언어의 장벽이나 문화적 차이로 인해 의사소통이나 턱없는 오해도 불거지겠으나 인간이 인간을 학대하는 것을 정당화 할 구실은 이 세상 아무데도 없다. 오래 전에 보았던 영화 《뿌리》를 보는 것 같아 나도 모르게 눈물이 났다.

 흔히 외국인들은 우리의 국민성을 금방 끓고 바로 식는 양은냄비에 빗댄다고 한다. 36년간, 핍박 속에 살았던 일제치하의 지옥 같은 세월들. 귀 무덤과 죽창사건하며 인체실험 대상이 되기도 했고 정신대는 또 어떤가. 사람 이하의 대접을 받았던 얼룩진 민족사가 벌써 먼 나라의 이야기로 치부되는 걸까.

 지구 반대편에서 그 곳 대학의 장학금으로 공부하고 있는 딸애가 생각난다. 더 넓고 높은 곳을 향해 비상의 나래를 펼치며 스스럼없이 선택한 기회의 나라에서 황인종에다 연약한 체구, 작은 나라에서 왔다는 이유로 심한 차별을 당하고 외로움에 찌들려 고개 꺾고 살지는 않을까 늘 걱정이다. 뉴욕 테러가 일어났을 때, 아이가 거주하고 있는 일리노이 주와는 상당한 거리인데도 불구하고 얼마나 놀랐던지. 요즘에는 미국과 이라크 사이에 전쟁이 발발할까 노심초사하며 평화의 기도도 올리고 있다. 결국 나의 작은 가슴은 가족은 물론이고 세계를 품고 있는 셈이다.

지금처럼 외국인들이 '코리언 드림'을 꿈꾸며 날아드는 것도 대한민국이 당당하게 경제대국의 반열에 든 나라임을 입증해주는 게 아닐까. 이기적이고 배타적인 소인배에서 하루 빨리 벗어나 그들을 보듬고 다독이며 살아가면, 머잖아 국격을 갖춘 작지만 큰 나라가 되리라.　(2003. 2. 10 국민일보)

부럼

1년 중 가장 크고 밝은 달을 볼 수 있는 정월 대보름이 며칠 남지 않았다. 잡곡과 나물, 부럼과 생 명태를 사기 위해 장을 보러 갔다. 이 시간대는 주로 장바구니를 든 주부와 맞벌이 부부가 주 고객인데 오늘은 이상스레 여학생들이 북적댄다. 학용품을 사러왔나? 나의 이 생각이 곧 쉰 세대라는 것을 알아차리는 데는 그리 시간이 오래 걸리지 않았다.

예년과 달리 정월 대보름 장은 저만치 밀려나 있고 매장 한가운데 왁자지껄 장사진을 이루는 코너만 눈에 들어왔다. "그이에게 사랑을 고백하세요. 밸런타인데이." 눈을 뗄 수 없게 반짝이는 양주병, 꽃, 별, 심장 모양의 앙증스러운 초콜릿들과 예쁜 포장들…. 하도 예뻐서 한참이고 진열대 앞에 서서 만지작거리다가 붙여진 가격표에 흠칫 뒷걸음을 쳤다.

장을 보고나서 급히 인터넷을 뒤져 정보를 수집했다. 여자가 남자 친구에게 사랑하는 마음을 예쁜 카드와 함께 달콤한 과자로 살짝 고백할 수 있는 밸런타인데이, 화이트 데이는 상반된 경우라나. 또 여기저기에도 다 소외된 아이는 쓸쓸한 마음을 달래기 위해 자장면을 먹는 블랙데이가 있다나. 어느새 국적도 모호한 기념일들이 우리 청소년들의 가슴 깊이 파고들어 이리 자리를 틀고 있을까.

우리의 동화, 칠월 칠석이 가슴에 잦아든다. 까치의 머리를 밟고 은하를 건너 해후하는 견우와 직녀, 그 애틋한 사랑을 이어주느라 상스러운 동물까지 동원되고 두 사람이 흘린 눈물이 비가 되어 개울물도 불어난다는 상상은 어찌 서양의 로미오와 줄리엣만 못하리. 성춘향과 이몽룡의 사랑, 탑돌이를 하며 눈빛을 나누었던 신라 때의 연정도 애틋하기만 하다.

이 세상에 누구를 사랑하는 일만큼 아름다운 일은 없다. 서로 한마음이 되어 사랑한다면 더할 나위가 없지만 혼자만의 연모도 욕심이 배제되어 그 자체만으로 충분히 아름다울 수 있다. 그런 향기로운 행위에 이렇게 얄팍한 상혼이 편승해야 하는지 안타깝다.

언제부터인가 젊은 문화가 서서히 기성세대나 기득권 속으로 파고드는 이즈음이다. 그들은 월드컵 경기를 축제의 마당으로 변화시킨 주축이 되었고, 촛불행진과 가두시위, 그리고 대선까지 목소리를 높였다. 때로는 행동하는 젊음이 부럽기도 하고 낯설기도 하는 이중 잣대가 놓이는 것은 나의 지나친 노파심일까. 아무튼

신과 구가 어우러져 정正과 반反의 합슴을, 중용의 도를 이루면 가
장 이상적일 텐데.

  조상 대대로 내려오는 우리의 명절을 되살려 오곡밥과 나물을
먹고 달마중을 간다면 하늘의 달과 똑 같은 달을 연인의 눈과 마
음에서 볼 수 있을 것이다. 두무지 애타는 나의 가슴을 모르는 목
석같은 이한테 부럼처럼 오도독 깨물고 싶도록 귀여운 여자가 될
텐데. 그리고 두 사람이 하나 되어 살아가는 험난한 인생길에 휘
영청 보름달이 길잡이를 할 것이다. (2004. 2. 국민일보)

지심도에서

 바람과 물결이 혼으로 빚어 남해에 띄웠을까. 비행기를 타고 보면 마음 심心자 같은 존재. 높이가 97미터라 해일이나 밀물 때 형체가 없어질지도 모르는 발바닥 같이 납작한 섬. 바다에 띄운 손수건 같은 지심도에 남 먼저 봄이 와 동백꽃이 지천으로 피었단다. 우연히 그 곳의 안내책자를 본 후 그리움의 홈을 판 여러 날, 행여 때 늦은 추위에 꽃망울이 죄다 떨어지면 어쩌나, 성난 파도가 여린 봄을 덮치진 않을까 노심초사하다 오늘에야 드디어 상견례를 하기로 마음먹었다.

 잠이 덜 깬 시가지를 뒤로하며 남편과 함께 연안 부두로 갔다. 페리호를 타고 50분 남짓, 거제의 장승포에 도착해서 다시 20여 분 간 지심도행 배를 탔다. 자욱한 해무를 헤치고 바다 비늘을 벗기며 배가 가니 멀리 있던 수평선이 다가와 훤히 가슴을 연다. 파도는 뱃전에서 하얀 포말로 부서지다 아주 잠깐 무지개가 만들곤

하여 더욱 환상적이고 고무적인 분위기를 자아내었다. 우리가 하늘에 뜬 무지개를 본 지가 그 얼마였던가. 눈에서 멀어지니 마음에서도 멀어진 그를 뱃머리에서 이리 운 좋게도 만나니 승객들은 반가워서 환호성을 질러댔다.

드디어 지심도가 수줍게 제 얼굴을 드러내었다. 섬 전체가 청순한 신부가 든 다보록한 동백꽃 부케라해도 무리가 없으리라. 수령 수 백 년 된 동백나무들은 몰아치는 해풍과 파도에 서로 보듬고 기대며 살아서인지 빛이 스며들 틈새 없이 그늘이 짙었다. 선홍빛 꽃들이 머리 위에서는 등을 켜고, 발아래서는 보료가 되어 널브러져 있었다. 모두들 암울한 긴 겨울을 벗어나고자 간절히 기다리는 봄, 꽃샘추위의 훼방으로 굼뜬 봄이 예서 붉게 타고 있었구나. '어서 가자꾸나. 너를 기다리는 곳으로.' 송이 째로 떨어진 모습을 밟는 것이 박정한 듯하여 피하려 했지만 발 디딜 자리를 허락지 않았다. 봄에 취하고 꽃의 자태에 취하니 회색장에 갇혀 깁스하고 있던 마음에 빠르게 꽃물이 번졌다.

동백 터널을 벗어나니 동화에나 나옴직한 폐교가 울타리 삼아 매화 몇 그루 활짝 피워 기품 있는 향기로 섬의 전설을 전한다. 어디선가 풍금 치는 처녀 선생님과 빙 둘러 서서 목젖이 보이도록 입을 벌려 노래를 부르는 아이들이 꿈을 키우고 있을 것만 같았다. 나도 모르게 오랫동안 내 가슴에서 사라진 동요를 흥얼거리며 섬의 섶에 파고들었다.

숨차지 않게 오른 섬 꼭대기에서 내려다 본 쪽빛 바다는 속뼈까지 훤히 드러내고 있었다. 조금 더 돌아 나오니 일제의 잔적인 초소와 무기 창고가 청이끼를 이고 세월의 덧없음을 보여주었다. 상처투성이 속에서도 이렇게 섬이 건재함은 아마도 청정해역에 몸을 씻고 말리며 스스로를 다스려서 그럴 게다. 지심도는 군데군데 아직은 성형하지 않은 민얼굴을 지녀서 더 정감이 갔다.

한 시간여 섬을 돈 후, 동백꽃 속에 깃든 봄을 가득 싣고 삐걱대며 지심도를 떠나 왔다. (2003. 3. 16 국민일보)

봄의 기지개

노란 옷에다 노란 모자, 새 운동화에다 제 등보다 큰 새 가방을 메고 뒤뚱거리는 오리 걸음걸이. 오늘 아랫집 어린이가 처음으로 유치원 가는 차림새다. 흡사 앙증맞은 햇병아리다. 어디선가 개나리도 활짝 피어날 것만 같은 날이다. 신이 난 아이는 동생을 업은 엄마의 손을 잡고 눈에 들어차는 풍경이 궁금하여 재잘대며 갖가지 질문 공세를 한다.

"엄마, 저 새 좀 보세요. 털에 풀이 발렸어. 왜 하늘에 붙어 있어?"

"잠자고 나면 내일이라 했는데 왜 또 오늘이라고 그래?"

꼬마의 부지런한 물음에 엄마는 답이 궁해져 얼른 유치원 차가 오기만을 기다린다. 들뜬 아이는 잠시도 가만있지를 못하고 폴짝거리고, 땅바닥을 발로 차는가 하면 동생에게 간지럼도 태운다. 형의 손놀림에 아기가 몸을 재끼며 깔깔대는 통에 새댁의 허리가 휘청한다. 아파트 정문에서 만난 가족한테 설핏 어린 봄을 엿보는 것 같아 웃음이 난다. 그래, 새봄을 예서 먼저 만나는구나.

일상의 틀에서 벗어나 모처럼 금정산에 오른다. 우수와 경칩이면 얼었던 대동강 물도 풀리고 긴 겨울잠을 자던 뱀과 개구리도 선하품을 하며 꿈틀대는 절기다. 그래서인지 한 달여 만인데도 핼쑥하던 소나무에 푸른 기가 돈다. 나목들은 모질게 매 맞던 지난날의 설움을 잊고 물기를 먹어 한결 탱탱해졌다. 귀 기울이면 봄이 자아올리는 펌프질 소리가 들릴 것 같다. 가을 늦게까지 풋내를 풍기다 누런 몸빛으로 겨울을 나더니 재빨리 새싹을 손톱만큼 밀어 올린다. 사람은 물러설 때와 나설 때를 놓쳐서 번잡스러운데 그들한테 사람들이 한 수 배워야 한다. 스스로 높아져 만물의 영장이라 칭하면서도 늘 때를 놓치는 우리들을 자연은 오히려 측은하게 여길 성 싶다.

진열장의 옷자락에 걸려 있던 봄이 한 시간을 걸으니까 오감으로 다가온다. 덩달아 둔한 나의 발도 발레슈즈를 신은 듯 리듬을 탄다. 땅과 하늘도 내 발끝과 손끝에서 춤을 춘다.

내가 겨울의 움집에서 칩거하고 있던 그새 대지의 곳곳에서 작은 뾰루지처럼 오돌토돌 돋아나고 있는 봄, 머잖아 꽃물로 온 산에 꽃사태가 날 것이다.

성城을 돌아 계곡 쪽으로 내려오니 바람결에 묻어 온 향기가 발목을 낚아챈다. 겨울이 미처 못 챙겨간 찬바람 속에서 햇발이 고이 숨겨둔 백매白梅가지가 꽃술을 깜빡이며 시린 하늘을 흔들고 있다. 꽃내에 넋을 잃고 서성이는데 아래 쪽 얼음 밑 바위 틈새에서 돌돌 물 흐르는 소리가 들린다. 새봄을 전하는 워낭소리인가 보다.

연암 선생은 《열하일기》에서 '냇물 소리가 소나무에서 퉁소 소리를 내는 것처럼 들리면 듣는 이가 청아한 탓이고, 산이 찢어지고 언덕이 무너지는 듯하면 듣는 이가 분노한 것이고, 거문고가 궁우에 맞는 듯 들리면 마음이 슬프다.'고 했다. 내안으로 흐른 냇물은 어떻게 파문졌을까?

좌악- 심신에 기지개를 켜서 봄을 맞는다. (2004. 3. 6 국민일보)

전쟁과 문화유산

이라크 전쟁이 끝난 것이나 진배없다. 전 세계를 공포에 떨게 했던 막강한 패권의 위용과 권력의 무상을 지켜보는 3주간이었다. 모든 지구 가족들은 이라크 국민의 민주화가 열강의 외세에 의해서 이룩되는 과정의 산 증인이 되었다고나 할까. 아비지옥으로 변해버린 조국과 국민을 버리고 자기 목숨만을 부지하기 위해 많은 외화까지 국외로 빼돌린 독재자, 사담. 그 정권을 유지하기 위해 무고한 어린이들, 노약자들과 민간인들이 엄청난 희생의 제물이 되는 비정함도 보았다. 힘이 존재의 척도가 되는 요즈음, 다음 세대들에게 참된 정의를 어떻게 설명할지 금세기를 사는 우리가 안아야 할 힘든 과제다.

그런데다 현대를 분만한 메소포타미아의 찬란한 문명들과 고대 왕국의 유물들, 문자판, 유명한 함무라비 법전과 신상들이 한 줌의 재나 승리자의 전리품으로 전락하여 다시는 조우 못할 것이

다. 약탈자의 손에 의해서 무법천지가 되어 텅 비어 있는 박물관
은 지구촌 사람들의 가슴을 공황상태에 빠뜨리고 허탈케 했다.
국경을 초월한 인류 공동의 차원에서 보호하고 보존할 문화 사랑
의 정신과 최소한의 예우는 어디로 갔는가.

 꽃물결이 출렁대는 봄날, 경주에 살고 있는 친지와 함께 이씨 조
선의 한 부락이 원형 그대로 보존되고 있다는 양동마을을 찾아
나섰다. 들판을 지나 고샅길을 걸어 모진 겨울을 뚫고 핀 여린 들
꽃들이 아리잠직 졸고 있는 평화스런 동네에 발을 디뎠다. 물勿
자형의 지세에 많은 문화재를 품고 손씨(월성)와 이씨(여강) 성의
일백 오십여 가구가 서로 견제하고 대립하면서도 위계질서를 갖
추고 생활한 씨족사회의 고을이었다. 위쪽에 위치하여 위엄을 갖
춘 대갓집의 소문, 중문, 대문을 거쳐 독특한 'ㅁ'자형의 가옥구조
에 나를 가두어 보고 기둥에 배여 있는 아득한 세월도 쓸어 보았
다. 또 잡초만이 지킴이가 된 빈 초가의 안마당과 장독대의 제비
꽃을 만지며 선인의 삶을 반추해 보기도 했다.

 잦은 외세의 침입이 있었음에도 용케 살아남은 옛 것에서 조상
들의 숨결과 애환이 시공을 초월하여 나에게 건너왔다. 반가와
평민은 이렇게 서로 어우러져 오순도순 한 시대를 살았었구나.
햇발에 반짝이는 기왓장 하나 마루의 목리문들, 향단과 관가정의
대청마루하며 흔적 하나하나가 자긍심을 갖게 하는 귀중하고 향
수 짙은 자산이었다. 귀한 우리의 뿌리를 만난 하루가 너무 뿌듯

해 어깨에 힘이 실렸다.

 선인들의 발자취로 나의 마음이 이렇게 넉넉해지는데, 먼 훗날 후손들은 인류 공유의 큰 문화유산이 부재중임에, 얼룩진 역사에 얼마나 안타까워 할까 목이 탔다. (2003. 4. 20 국민일보)

길 위에서

어느 날, 뜬금없이 부산을 떠나 경주에 이사를 가 살고 있는 문우가 있다. 거미줄 같은 인연을 뒤로하고 갑작스런 결정을 행동에 옮기는 그 분의 용단이 부럽기도 하고 또 한편은 궁금하기도 했다. 자신의 시처럼 아름답게 삶을 뜨개질하고 있으려나. 그 많은 책들은 끌어안고 종일 차를 마시며 칩거하여 글이랑 씨름을 하진 않을까. 궁금하던 차 꽃이 지기 전에 빨리 다녀가라는 초대를 받았다. 동인들 모두는 황금 종소리가 나는 이번 연휴에 목표를 그 곳으로 정했다. 날을 잡아 놓고 기다리는 나날, 혹여 비바람에 낙화가 빨리 되면 어쩌나, 인파에 치여 짜증스럽지 않으려나 벌벌 걱정이 다 들었다.

휴일에나 짬을 내어 자연과 교신하고 있는 나에게 모든 여건은 너무나 우호적이었다. 눈이 시리도록 날은 푸르고 햇살은 부드러웠다. 그야말로 준비된 하루가 나비물인 듯 펼쳐졌다. 부산에서

경주는 승용차로는 한 시간만으로도 후딱 다녀 올 수 있는 거리
지만 오늘은 느긋하게 시외버스에 몸을 실었다. 참 푸근하고 편
안했다.

몇 번이고 오고 갔던 길이지만 때때마다 감흥이 다르다. 흥분되
는 마음이 차를 훨씬 앞질렀다. 나를 누르는 잡다한 일상이 스쳐
가는 풍경처럼 멀어져 가고 그만큼 나에게서 자유롭다. 이런 연
유로 탈 것을 좋아하고 항상 차에 오르면 내리기가 싫어지는지도
모른다.

문득 나의 학동기의 꿈이 신작로에 먼지를 보풀거리며 달리는
버스의 안내양이었던 욕심 없던 때를 생각하니 웃음이 머금어진
다. 그 꿈이 고스란히 전이되어 기분이 우울하거나 삶이 혼란스
러울 때는 혼자 콩닥거리는 버스를 타고 휘- 시외를 한걸음 느린
교통수단으로 돌아다니곤 한다. 그러면 한결 마음이 가벼워지고,
구하는 나름의 답이 떠오르기도 하고 세상을 보는 창구가 조금은
넓어지곤 한다. 지금 이 짧은 하루 여행도 어쩌면 내 마음 밭 넓
히기인지도 모른다.

고속도로는 성묘객과 상춘객들의 차량 행렬로 인해 떡가래처럼
늘어져 참을성이 어디까지인가 시험하는 것 같았다. 버스는 몇
바퀴를 풍로처럼 돌리다가는 멈추고 이제 길이 뚫렸나하면 김만
토해내고 있었다. 그래도 어쩌다 복병처럼 불쑥 나타난 만개한
벚꽃이 마음을 달래주기도 하고 눈뜬 파릇한 새싹이 마중물이 되

어 내 안에 숨죽여 있는 봄물을 자아올리기도 했다. 갑자기 나에게도 삐죽하고 잎이 돋아나고 꽃이 필 것만 같았다.

드디어 고도 서라벌에 도착하고 보니 평소보다 배나 더 시간이 걸렸다. 문우는 분분 내리는 꽃비를 맞으며 하염없이 우리를 기다리고 있었다. 후다닥 그 화사한 수채화 속으로 달려 들어가 꽃사람 몇 명을 더 만들었다. (2003. 4. 9 국민일보)

느릿느릿

집 가까이에 있는 강변의 체육공원에서 아침운동을 시작한지 두 달 정도 된다. 달콤한 새벽잠의 유혹을 떨치기가 힘들기는 하지만 운동으로 시작하는 하루는 종일 쾌적하다. 이 삭막한 회색 숲에 낙동강을 옆구리에 끼고 사는 것도 하늘의 은총인데 덤으로 건강까지 얻는다는 상상만 해도 신바람이 난다.

지난겨울 처음 이사 왔을 때, 뒤 베란다로 난 창을 통해 본 강과 넓은 운동장이 내 마음을 사로잡고 말았다. 파란 강물은 은사시 나뭇잎처럼 떨고 나날이 빛깔이 달라지는 잔디와 청량한 공기를 마시며 운동하는 사람들을 보며 나도 그 언젠가는… 하다 석 달 만에 행동에 옮겼다.

첫날 운동화를 신고 흙을 밟으니 발에 다가 오는 촉감이 온몸에 전해왔다. 언제나 꽉 조이는 신발에 콘크리트를 밟고 다니다 흙을 디디니 촉감이 말랑하고 폭신하여 간지럽기까지 했다. 그런데다 바람이 풀어다 놓은 들판의 풋내와 물 냄새는 마음을 청량하게 했다.

 사실 땀이 끈적이는 게 싫은 나는 이미 운동량의 부족으로 과체중이다. 천천히 오래 걷는 것 마저도 숨이 찼다. 허지만 몇 며칠 땅에 앉은 민들레, 냉이와 토끼풀과 눈빛 맞추며 느릿느릿 걷다 보니 차츰 걸음이 빨라지고 이젠 가끔씩 강바람을 가르며 뛰기도 한다. 매사 밟아야 할 수순이 있다.

 일터에서 더러 젊은 엄마들을 만난다. 그녀들의 화두는 언제나 애들의 엄청난 교육비였다. 미술, 태권도, 논술, 피아노, 영어, 웅변, 붓글씨, 수영, 과학, 무용, 바둑 … 학원 속에 숨어 있을지도 모르는 부모의 꿈을 찾아 아이들은 밤이 늦도록 뛰어다닌다. 가장은 언제 떠날지도 알 수 없는 직장에서 힘들게 생활의 십자가를 지고, 주부들을 열심히 계산기를 두드리며 살고 있다. 모두 지친 얼굴이다. 떠도는 말처럼 과잉 교육열이 우리나라를 과외천국으로 만들었다는 말이 실감이 난다.

 지금과는 비교도 안 되지만 십 여 년 전 나도 그 대열에 끼지 못해 안절부절 못한 적이 있었다. 시행착오를 겪은 한참 후에 비로소 넓고도 깊은 바다가 얼굴을 들어냈다. 잠재력의 계발이라는 이름아래 아이들의 무한한 가능성의 싹과 가지를 잘라, 도리어 역효과를 낼 수도 있다는 것을 왜 그리도 몰랐던지. 저들에게 나를 맞추어 느긋이 지켜보며 기다려 주었더라면 좋았을 텐데. 지나친 조바심에 격려보다는 강요가 되어 버렸던 지난날이 돌아 보인다.

 운동도 그렇다. 나의 체력은 고려 않고 처음부터 남과 같이 욕심 내어 달렸다면 당장 관절에 무리가 오고 싫증을 내었을 것이다. 사소한 것에서 진리는 묻어 있음을 다시 확인 하면서 아놀드 토인비의 말을 젊은 엄마들에게 하고 싶다. '작은 배에 너무 큰 돛을 달면 배는 전복되고 만다.' (2003. 4. 국민일보)

춘래불사춘春來不似春

가끔가다 시간이 여유가 있으면 거미줄 같은 시가지의 반대 쪽 숲길로 일터까지 가곤 한다. 운전면허 실기 시험같이 꼬불꼬불한 길을 처음 갈 때만 해도 브레이크에 발을 뗄 수가 없었다. 때로는 산이마를 쓸고 내려오는 바람이 차체를 덮쳐 잔뜩 겁을 먹기도 하고, 저만치서 차 한 대만 다가와도 바짝 긴장을 하곤 했다. 그래도 잠시 마음을 졸이며 솔향 그윽한 동굴을 통과하면 하루의 시작이 상쾌하여 자주 이 길을 오간다.

동장군과 엎치락뒤치락 하고 매운 꽃샘추위로 아직은 멀었거니 했는데 언제부터인가 성큼 내 곁에 봄이 와 있다. 상큼한 풀 냄새가 코에 걸리기도 하고, 산 복숭아꽃과 진달래의 예쁜 자태에 혹해 차에서 내리고 싶은 충동도 있다. 오늘은 간밤에 내린 비로 산자락이 노릇한 오리나무 꽃으로 성장을 한 양이 면사포를 쓴 신부 모습이다. 온 누리에 봄기운이 완연한 이 신령스러운 계절, 사람세상도 자연처럼 1년을 주기로 부활하여 세상 다하는 날까지 윤기나는 잎새와 예쁜 꽃을 피우고 단풍도 들고싶다.

그러나 올해는 봄은 왔지만 정녕 봄이 아니다. 희망이 자꾸 뒷걸음질 치고 마음은 춥고 깜깜한 겨울의 언저리에 서성댄다.

지금 지구 반대편에서는 화평을 바라는 대다수의 지구인들의 기대와 유엔의 저지가 휴지 조각이 되어버린 채 미국과 이라크가 전쟁 중이다. 연일 반전 시위가 계속되고 있는데도 기어코 개전한데 대해 세계는 경악하고 공포에 떨고 있다. 폭탄과 폭격의 불바다 속에서 허우적대는 부상병들과 초연 속에서 스러져가는 어린 목숨들이 너무 가엾다. 실낱같은 생명줄을 잡고 평화를 찾아 부랑하는 난민들과 인간이 방패가 되는 전쟁을 보면 가슴이 찢어진다. 최첨단의 신식 무기로 벌리는 스타크래프트 같은 교전이라 해도 살상은 엄청난 비극이고 아픔이다. 그뿐 아니라 티그리스와 유프라테스 강 유역의 찬란한 문화유산이 공중분해 되어 모래바람 속으로 사라지면 어쩌나 노심초사하며 뉴스를 보면 안타깝기 짝이 없다. 우리나라도 국익을 위해 지원병까지 보낸다는데, 예상된 각본의 결과지만 더 이상의 피해가 없이 이쯤에서 정전을 하면 얼마나 좋을까.

아무리 그럴싸하게 포장해도 전쟁의 원인은 언제나 야욕의 표현이거나 오만한 힘의 과시임을 숨길 수는 없다. 개인이건 국가건 힘이 정의가 되어버리는 약육강식은 부조리의 세상 같아 혼돈스럽기 만하다.

 노자가 《도덕경》에서 '방어 할 수밖에 없는 전쟁에 설사 승리하
더라도 기뻐하지 말라'고 한 말이 가슴에 와 닿는다. 진정한 생명
에의 외경심과 사랑으로 포연을 지우고 봄을 맞아야 하리라.

(2003. 4. 1 국민일보)

오월의 신부

친구가 딸을 시집보낸다는 청첩장을 보내왔다. 많은 장애로 마찰음을 냈지만 두 사람의 애정으로 다 뛰어넘고 맺어진 신부와 신랑이라니, 그들의 지고지순한 사랑이 오월처럼 상큼하여 얼른 축하 전화를 걸었다.

나이만큼 세상의 지평이 보여서일까. 벌써 우리 또래는 자식들의 짝짓기가 최대의 관심사이다. 이렇게 최첨단의 개방된 시대에 살면서도 제짝을 찾지 못하는 청춘들이 비일비재하여 부모들의 애를 태운다. 그러다 보니 자연 결혼정보 회사와 마담 뚜 등 여러 도우미가 우후죽순처럼 성업 중일 수밖에 없다.

예부터 세 번을 중매하면 천당에 간다는 말도 있고, 잘하면 술이 석 잔 못하면 뺨이 석 대라는 말도 있다. 소개인은 자칫하면 스쳐 갈 수도 있는 젊은이들에게 가연을 엮어주어 깨를 쏟으며 사는 모습을 보고 흐뭇한 정도에서 끝을 내야 한다. 그런 인륜의 대사를 성사시키는데 원래의 의도는 왜곡되고 혼탁한 뒷거래가 이 시대의 부패에 한 몫을 한다니 한심한 생각이 든다. 유명 중매인의 수첩에는 수백 억의 재력가와 성혼하기를 원하는 후보 명단이 무려 수백 명이나 등록되어 있다한다. 그러니 그 반열에 끼지 못하는 보통 사람들은 아예 저들끼리 눈 맞춰 오면 큰 효도를 한다고 말할 법도 하다.

결혼생활이란 두 사람의 사랑이 밑그림이 되어, 가정을 이뤄 서로 의지하고 부족한 부분은 채워가며, 한 세상 살아가는 과정이다. 그런데 가장 중요한 순위는 끝 순위가 되고 조건이 1순위가 되어 삶의 굴곡을 넘어야하니 인내하고 노력하기 보다는 쉬 결별하는 건 어쩌면 당연한 결과인지도 모른다.

얼마 전 뉴스를 보고 깜짝 놀랐다. 수억이란 거금을 주고 의사 사위를 맞은 어떤 장모가 사위를 의심하여 사돈의 측근인 한 아가씨를 죽음까지 몰고 갔다. 지참금으로 수억 혹은 수십 억을 원하는 총각 어머니도 있었다. 오직 부와 신분 상승을 얻기 위한 거래와도 같은 결혼 풍속도를 보고 아찔한 세상의 벼랑을 보았다.

긴 날을 자기와의 고독한 싸움을 하며 획득한 의사 면허증과 고시 합격증이 결혼 조건의 웃돈이 된다니. 인간 생명을 존중하여 질병에서 구하고, 가난하고 소외된 인권을 위해 평생을 헌신하겠다던 청청한 언약들은 찢겨져 어느 허공에 떠돌고 있는가. 적어도 가치관이 뚜렷한 지성인이라면 설령 그 미끼가 달콤하다 해도 과감히 내칠 줄도 알아야 할 것이다.

이럴 때마다 부산의 복음병원 원장이신 고 장기려 박사님의 일생이 떠오른다. 멀쩡한 반려를 두고도 곁눈질하는 세태에 평생을 북에 둔 아내를 그리며 독신으로 사셨고, 이 땅에 의료보험 제도를 뿌리 내려 소외된 사람들의 지팡이가 되신 분, 월급봉투 째 꼭 필요한 사람들에게 몽땅 털어주고, 병원비가 없어 퇴원을 못하는 입원 환자에게는 아무도 모르게 병원 문을 열어 탈출(?)케 한 어둔 세상의 등불 같으신 분, 그러나 당신의 생활은 참으로 검박하기 짝이 없었다. 넉넉한 그 분의 삶이 자꾸 우러러 보여 옷깃을 여민다.

신랑신부가 꾸리는 가정이 오월처럼 늘 꽃을 피우고 향기롭기를 희망해 본다.　(2003. 5. 7 국민일보)

사은의 꽃 편지

모처럼 분주함을 떨어내고 참으로 오랜만에 선생님께 서한을 드리고 있습니다. 건안하셨는지요? 투수가 던진 속구처럼 스쳐가는 세월 속에서도 선생님의 가르침과 사제 간에 도탑던 정은 오롯이 살아 삶의 질곡을 슬기롭게 넘기는 지혜의 샘물로, 마음이 스산할 때는 위안이 되어 저를 품어주기도 합니다.

첫 발령을 받으신 산골 학교의 코흘리개들에게 열정을 심으시고 듬뿍 사랑을 주셨던 스승님. 오늘처럼 장대비가 쏟아지는 등굣길, 징검다리마저 쓸고 간 뻘물 속에 위험을 무릅쓰고 친구들을 업고 대천을 건너 주셨던 당신. 사춘기의 초입에 들어 부끄러움 반 안도감 반을 섞어 선생님의 등에 얼굴을 묻고 학교를 다니던 그때가 그리움으로 우뚝 섭니다. 지금쯤 듬직하던 당신의 허리는 세월의 무게를 견디다 못해 반달처럼 휘어지셨겠지요.

어느 해 시월, 도내 백일장에 학교 대표로 나가 지금 생각해도 유치하기 그지없는 운문을 지었는데 만족할 만한 성과를 못 거두는 건 당연한 일이었습니다. 그러나 늘 벌보다는 상을 교육의 지

침으로 잡으신 당신께서는

"애들아, 게안타(괜찮다). 아마 심사관의 눈높이가 달랐는 갑다 (달랐나보다)." 다독이셨던 선생님. 출장비가 바닥나셨던가요. 아니면 소의 등판을 염려하셨던가요? 저희들만 덜컹대는 소달구지에 태우고 코스모스 하늘거리는 푸른 달빛 속 신작로 십리 길을 당신은 걸으셨습니다. 그 편 편의 서정이 생각나시는지요.

요즘은 넘쳐나던 책이 금쪽같았던 그 시절, 당신께서 읍내에서 구해오신 책을 밤 새워 읽고 무한한 상상의 세계로 여행하며 꿈이 빼곡하던 그 때가 떠오릅니다. 도서관을 들락거리던 저에게 평생 책을 어깨동무하고 살면 세상은 꽃밭이 될 거라는 말씀을 자주하셨지요. 그 때 저는 글에 대한 실눈을 떴는지도 모릅니다. 참, 저의 희망도 선생님을 닮고 싶은 교사였습니다.

대학 졸업 후, 원처럼 교단에 섰다가 결혼생활을 이유로 도중하차 하고 말았습니다. 모든 게 저의 경박한 가치관과 삶에 대한 정체성의 결여겠지요. 선생님께서는 저가 꼭 청출어람하기를 기대하셨을 텐데…. 살면서 프루스트의 시처럼 가지 못한 또 다른 하나의 길에 대한 미련을 떨치지 못 할 때도 있지만, 늦게나마 잡은 글만이라도 세상 끝나는 날까지 연모하면서 살아갈 것입니다. 수십 년이 지나도 언뜻 떠오르는 선생님의 높으신 가르침에 좇는 삶이라 생각하면서요. 머리 숙여 사은의 꽃을 올립니다. 내내 평안하소서. (2004. 5 국민일보)

농자천하지대본

트럭 속에서 후줄그레한 모습을 한 농부가 큰 소리를 외쳐대며 호객을 하고 있다. "사이소. 맛있는 감 세 줄이 2000원입니더." 목을 들이밀고 차 속을 들여다본다. 비닐포장에 갇힌 단감이 부끄러운 듯 제 모습을 살짝 보여준다. 참 어이없는 가격임에도 도시의 알뜰 주부들은 더 싼값으로 흥정을 하고 있다. 순간 감나무 한 그루마다 전지를 하고 가뭄과 세찬 비바람에 밤잠을 설치며 땀을 쏟아 부었을 동생의 안타까운 모습이 스쳐간다.

우리의 농촌! 농경시대에서 급속히 산업시대로 변천함에 따라 낙후한 우리의 농업도 새마을 운동과 더불어 현대화가 일었다. 그 바람은 농가의 생활을 한 차원 높이기도 했었지만 아직도 중공업이나 첨단산업에 비하면 발전의 속도는 제자리 걸음이다. 보도되는 성공한 몇 가구를 제외하고는 대다수가 고달픈 삶을 지탱하는 가장 소외된 계층이 되어버렸다.

십여 년 전, 동생은 자리를 잡아가던 일자리를 미련 없이 내팽개
치고 창창한 꿈을 안고 어릴 때 자라던 곳으로 귀향을 했다. 전공
한 농학을 꼭 현실에 뿌리 내리고 싶어했고, 땅은 절대 사람처럼
배신하지 않는다며 집안의 반대를 물리치고 시골로 성큼성큼 걸
어갔다. 정작 고향에서는 지독한 가난을 벗어나기 위해 젊은이나
교육깨나 받은 사람 너도나도 도시로 떠나버려 텅 비어 있었는데
도 불구하고.

 떠날 때의 패기대로라면 지금쯤 푸른 왕국을 건설하여 신바람
나게 살고 있어야 하는데 이상과 현실은 언제나 엄청난 괴리가
있었다. 농사를 다 지어 놓으면 폭우와 태풍이 몰아쳐 쑥대밭을
만들고 풍년이 들면 가격이 폭락했다. 이런 악순환의 고리에 허
우적대며 늘 적자를 면치 못했다. 또 가을 한철 얻은 수익으로 1
년을 살아야 하니 느린 환금성도 기가 막혔고 결혼할 아가씨들도
귀농을 하자면 모두 외면했다. 노동력의 부재에다 아이들의 교육
등 불거진 문제가 한두 가지가 아니었다. 부족한 일손을 충당하
고 열악한 환경을 개선하고자 자본을 끌어대다 보니 대출을 할 수
밖에 없었고, 그러다보니 빚보증을 서로서로 설 수 밖에 없었다.

 우리나라 농촌의 제반 문제가 거울처럼 내 동생네도 반영되었
다. 영농후계자가 되어 마을일에 앞장선 까닭에 면민의 신뢰는
받고 있으나 지켜보는 가족들은 늘 마음이 쓰였다. 지금이라도
늦지 않다며 도회의 삶을 권유했지만 동생의 신앙 같은 향토 사

랑을 무너뜨리지는 못했다. 땅이 있는 한 결코 꿈을 버리지 않겠다며 느긋할 뿐만 아니라 우리를 자본주의의 속성에 물든 부류들로 치부하며 웃고 있으니….

 그런데 이번에 체결된 칠레와의 자유무역 협정FTA으로 농가들이 또 바짝 긴장하게 되었다. 수입이 국가 상호간의 거래 상 어쩔 수 없다하더라도 꼭 후속 안배가 따라 농심의 시름을 지워주었으면 좋겠다. 삶의 근본이 농자農者의 생활처럼 진정 천하지대본天下之大本이기를, 농부의 발걸음 듣고 자라는 농작물처럼 뿌린만큼 거두게 되는 평범한 진리가 실현되는 세상이기를 발원해본다.

(2003. 2. 26 국민일보)

은빛 목걸이

벨 소리와 동시에 화면을 가득 채운 얼룩무늬 군복. 군 복무 중인 막내가 예고도 없이 휴가를 왔다. 놀라 현관문을 열었더니 "충성"하며 거수경례를 한다. 기합이 잔뜩 들어간 음성과 떡 벌어진 어깨가 최전방에 있는 큰 미루나무 한 그루가 문에 버티고 서 있는 듯 했다. 너무 반가워 나는 입이 함지박만큼이나 벌어졌다. 연락을 않고 단숨에 달려와 깜짝 놀라게 하고 싶었다나. 장난기는 여전히 응석받이다.

어른들만 살아 묵나물 냄새가 나는 물밑같이 고요한 집안에 따스한 공기가 스며든다. 오랜만에 식탁에 앉아 아들과 긴 이야기를 나눴다. 훈련이 힘들진 않았어? 편지 한 장 보내줄 여자 친구는 있니? 먹고 싶은 건 없었어? 쉴 새 없는 나의 질문에 씩- 웃기만 한다. 늘 마음이 여리고 유순해서 맹훈련을 어떻게 받을까 내심 걱정을 했었는데 의외로 제도에 잘 적응하는 것 같아 대견하다.

국방의 의무란 가정에서는 한계가 있는, 청년의 정신력에 갑옷을 입혀주는 마지막 보루는 아닐까. 그래서인지 내가 상상한 것 이상으로 아이는 인생이나, 미래에 대한 접근이 당차고, 희망적이며 훨씬 사려가 깊어졌다. 그래도 집이 좋고 공부가 하고 싶었는지 연신 서가에 손을 대며 제대하려면 정확히 147일 남았다고 하여 남편과 나를 웃게 만들었다. 하기야 2년여를 생판 다른 세계에서 맹훈련을 받으며 지낸다는 게 부담일 수도 있었을 것이다.

사실 요즘 세대들은 넘쳐나는 풍요 속에 자라 어려움을 모른다. 그래서 우리 집은 군복무가 거금의 수업료를 안내고도 배울 수 있는 훌륭한 학습의 장場이며, 인생과 젊음을 성찰해 볼 수 있는 소중한 기회라고 항시 생각해 왔다. 아이가 큰 박격포를 메고 장거리 행군을 하여 어깨가 벗겨지고, 침이 입 밖으로 나오면 바로 얼음이 될 정도로 춥다고 했지만 요즘 훈련이 어디 훈련이냐고 남편은 말했다. 부주의로 다리에 깁스를 했다는 친구의 연락을 받고, 푹 쉴 수 있어 다행이라며 책 몇 권을 보냈다.

그런데 선거나 인선 때마다 후보자 아들들의 병역기피가 의혹과 구설의 줄타기를 한다. 중요 사안은 뒷전이고 병역의 의무를 아들이 성실히 수행했는지 안했는지를 쟁점으로 삼아야 하는 현실에 함묵하고 싶다. 지금 지구 저 편에서는 지축을 흔드는 아비규환의 전시 중이다. 젊은이들이 외면하면 그 나라의 향방은 어떻게 될까?

신라 때의 화랑제도를 생각해본다. 세속오계를 지키며 나라를 위해 목숨을 바치는 걸 큰 영광으로 알았던 화랑도들. 우리 역사상 가장 긴 왕조인 천년을 유지한 그 근저에는 혈기왕성한 그들의 확고한 국가관과 조국사랑이 큰 몫을 했음을 알 수 있다.

하루라도 빨리 집에 오고 싶어 밤새 보초를 선 아들은 하품을 하며 잠자리에 들었다. 곧 코를 고는 아이의 여드름 툭툭 불거진 시꺼먼 얼굴 아래로 군번과 이름을 새긴 은빛 목걸이가 훈장처럼 반짝인다.　(2003.3.16 국민일보)

열려라, 그대들의 가슴

익숙한 손놀림으로 어두컴컴한 미궁 속 꼭 맞는 제 자리를 찾아 하나로 맞춤한다. 찰까닥– 하고 둔탁한 금속음을 냄과 동시에 가슴에 걸쳤던 겹겹의 무장장치가 스르르 풀린다. 열림과 닫힘의 경계에 서 있는 상반된 두 공간의 보루. 작은 몸집 하나로 사수해야 할 무거운 사명감으로 똘똘 뭉쳐진 물체, 열쇠다.

올록볼록 요철 모양새에 빛나는 물체인 그가 허락한 영역인 내 생활의 근거지, 집안에 들어선다. 문을 여는 순간, 전신에 스며드는 평화로운 기운으로 인해 물질하다 내쉬는 해녀의 숨비 소리가 내 입에서도 나온다. 요렇게 조그만 몸매의 작동으로도 크고 많은 것들을 지켜주고 막혔던 공간을 트여주기도 하는 폐쇄와 개방의 요긴한 쓰임새가 새삼 대견스럽다. 하기야 작은 솔씨가 우람한 대들보를 품어 키우고 조그만 꽃씨에서 우리네 인생과 우주를 읽을 수도 있잖은가.

오늘 일어난 어이없는 일은 우습게도 건망증이 원인이다. 열쇠를 어디 두었는지 아무리 생각해도 알 수 없는 깜깜한 절벽 같은 내 기억이 한심스럽다. 번호 열쇠로 바꾼다 하면서도 능장을 부린 나의 아날로그 적 삶이 비로소 후회가 된다. 떡 버티고 서 있는 문을 부질없이 두드리며 흔들고 어렸을 때 읽은 아라비안나이트의 "열려라. 참깨." 까지 동원할 참이다.

할 수 없이 남편에게 연락을 하고 난간에 쭈그리고 앉아 하염없이 열쇠가 도착하기를 기다리니 추위로 이가 덜덜 떨린다. 바쁘다는 핑계로 잊고 있었던 노숙자들과 수해민들, 보초를 서고 있는 아들 또래의 군인들과 북한 동포들은 어떻게 이 겨울을 나고 있을까. 작은 열쇠는 문뿐만 아니고 꽁꽁 닫혔던 내 마음까지 열고 만다. 새삼 그 저력이, 존재 가치가 대단하다. 그렇다. 열쇠는 닫힌 문을 열고 열린 문을 닫기 위해 존재하는 것이다.

지금 우리의 과제는 허리가 잘린 국토에 굳게 채워진 자물쇠를 열어야 할 열쇠가 절절이 필요한 시기다. 매일 접하는 북한의 핵개발에 관한 소식은 우리뿐만 아니고 전 지구 가족들을 우울하게 하고 불안에 떨게 한다. 핵확산 금지조약NPT 탈퇴를 지지하기 위해 모인 100만 평양시민들의 궐기를 보면 숨이 멎는다.

통일이 되어 이산가족들이 부둥켜안고 백두산에 올라 천지연에 손을 담그면 옥빛 물이 들까. 흐드러지게 핀 영변의 약산 진달래를 꺾어 머리에 꽂고 대동강 뱃놀이를 하고픈 열망이 어찌 나만의 꿈이겠는가. 그 낭만의 영변이 핵 시설 단지로 변해 세계평화를 위협하고 남한을 전복하려는 야욕으로 판 땅굴은 우리를 공포에 떨게 한다. 헤어날 길 없는 가난이 온전한 외부 세력 탓으로 돌려 국민의 의식을 모으려는 북한 위정자들의 의도적인 자구책을 보면 시퍼런 핏줄이 일어선다. 늘 시한폭탄 같은 그들의 영혼을 활짝 열 구원의 열쇠는 어디에서 얼굴을 반짝이며 우리를 기다릴까. (2003. 1. 22 국민일보)